HEYNE <

W0270895

Zum Buch

Noch mehr Kolumnen der Bestsellerautorin. Wie schon in *Geheime Leidenschaften* und *Verborgene Laster* gewährt Amelie Fried Einblicke in ihr Leben, das so ist wie das der meisten berufstätigen Mütter: ein ständiger Spaziergang am Rande des Nervenzusammenbruchs. Mit Scharfblick und liebevollem Spott gegenüber den eigenen (und fremden, insbesondere männlichen) Schwächen erzählt sie von ihren Erfahrungen mit Schlabberhosen-Mamis, Allradfrauen, Zicken und Frauenverstehern, spekuliert über das Prostitutions-Gen, die Tücken der Statistik, faule Säcke und arme Schweine, Mütter-Minderwertigkeits-Komplexe, weibliche Lieblingssätze und die Kunst des Glücklich-Seins. Und schließlich verrät sie uns noch ein »offenes« Geheimnis: die ganze Wahrheit über ehelichen Sex.

Zur Autorin

Amelie Fried wurde 1958 in Ulm geboren. Nach ihrem Studium moderierte sie etliche Fernsehsendungen, darunter *Live aus dem Alabama, Live aus der alten Oper, Stern-TV* und *Kinderella*. Derzeit ist sie Gastgeberin der Talkshow *3 nach 9*. Sie bekam zahlreiche Fernsehpreise. Für ihr erstes Kinderbuch *Hat Opa einen Anzug an?* erhielt sie 1998 den Deutschen Jugendliteraturpreis, ihr zweites Kinderbuch *Der unsichtbare Vater* kam auf die Auswahlliste. Ihre Bestseller-Romane *Traumfrau mit Nebenwirkungen, Am Anfang war der Seitensprung* und *Der Mann von nebenan* wurden bereits verfilmt. Die Verfilmung von *Glücksspieler, Liebes Leid und Lust* und ihrem neuesten Roman *Rosannas Tochter* steht bevor. Die Autorin lebt mit ihrer Familie in der Nähe von München.
Als Heyne-Taschenbuch liegen außerdem bereits die Kolumnenbände vor: *Geheime Leidenschaften* und *Verborgene Laster*.

AMELIE FRIED

Offene Geheimnisse

und andere Geständnisse

WILHELM HEYNE VERLAG
MÜNCHEN

FSC
Mix
Produktgruppe aus vorbildlich bewirtschafteten Wäldern und anderen kontrollierten Herkünften

Zert.-Nr. SGS-COC-1940
www.fsc.org
© 1996 Forest Stewardship Council

Verlagsgruppe Random House
FSC-DEU-0100
Das FSC-zertifizierte Papier *München Super* für Taschenbücher aus dem Heyne Verlag liefert Mochenwangen Papier.

Vollständige Taschenbucherstausgabe 01/2006

Printed in Germany 2006
Umschlagillustration: © Sigi Ahl, Bad Homburg
Umschlaggestaltung: Eisele Grafik-Design, München
Satz: C. Schaber Datentechnik, Wels
Druck und Bindung: GGP Media GmbH, Pößneck
ISBN-10: 3-453-59015-5
ISBN-13: 978-3-453-59015-1

http://www.heyne.de

Inhaltsverzeichnis

Bitte, belügt uns!

Gibt es etwas Deprimierenderes als den Frühling? Die Vögel singen, prominente Liebespaare lassen sich halbnackt fotografieren, die Badesaison droht, und es muss ein neuer Bikini her.

Es soll ja Männer geben, die Frauen lieben – die Gestalter von Anprobekabinen in den Bademodenabteilungen von Kaufhäusern gehören definitiv nicht zu ihnen. Das müssen die schlimmsten Frauenhasser unter der Sonne sein, denn warum sonst leuchten sie gnadenlos diese Kabuffs aus, in denen wir unser winterweißes Fleisch aus den zu eng gewordenen Jeans schälen, um fröhlich-bunte Bikinis anzuprobieren, die uns eigentlich Langnese-gute-Laune machen sollten.

Gute Laune? Von wegen! Mit vor Entsetzen starrem Blick in den Spiegel beschließen wir, nicht zu glauben, was wir sehen. Dieses Dellengebirge sollen unsere Oberschenkel sein, dieser Michelin-Reifen unsere Taille? Unmöglich. Das kann nicht sein. Das grelle Licht von oben suggeriert einen völlig falschen Eindruck. Dann fällt uns ein: Die Sonne am Strand kommt auch von oben.

Soll das etwa heißen, die anderen Badegäste sehen, was wir gerade sehen?

Aaaargh! Flucht aus der Kabine, Rettung ins nächste Café, ein Stück Torte mit Sahne und einen süßen Kakao für die aufgewühlten Nerven. Gibt es nicht so was wie ein Recht auf körperliche und seelische Unversehrtheit? Das Recht auf menschliche Behandlung, auch in Bademoden-Umkleidekabinen? Was wir dort erleiden müssen, grenzt an eine Verletzung der Menschenrechte.

Wollen diese Idioten von Kaufhaus-Managern keine Bikinis verkaufen, oder warum gibt es keine Kabinen mit sanfter Beleuchtung und leichten Zerrspiegeln? Es wäre doch so einfach, uns hinters Licht zu führen! Wir Frauen wollen belogen werden, was unsere körperlichen Mängel angeht. Ich würde Hunderte von Bikinis kaufen, wenn ich mich in der Illusion wiegen könnte, gut darin auszusehen. Stattdessen trage ich seit fünf Jahren dieselben ollen Teile, was echt peinlich ist, weil ich im Urlaub immer auf dieselbe Insel fahre. Dort kennt man meine Bikinis schon. Aber bevor ich mir die Schmach eines weiteren Bikinikaufs zumute, werde ich Nudistin.

Vermutlich bleibt mir ohnehin in absehbarer Zeit nichts anderes übrig, denn da gibt's noch ein anderes Problem: Keine Ahnung, ob's an einem plötzlichen Evolutionssprung liegt oder an den Hormonen im Kalbfleisch, jedenfalls haben die Frauen heute alle einen riesigen Busen. An mir ist diese Evolution leider vorbeigesprungen, ich trage A-Cup, soll heißen: ein halbes Tässchen voll Oberweite, und das ist in der Bademodenwelt nicht mehr vorgesehen. Selbst wenn ich also mal einen passenden Bikinislip gefunden habe, kann ich mit an Sicherheit grenzender Wahrscheinlichkeit davon ausgehen, dass es kein Oberteil dazu gibt. In den Kabinenvorhang gewickelt halte ich Ausschau nach der Verkäuferin, die mir vorschlägt, es doch mal in der Kinderabteilung zu probieren.

Zum Glück gibt es in diesem großen Versandhaus, das man vorwärts und rückwärts lesen kann, Bikinis mit A-, B- und C-Cups, und die Slips dazu kann man getrennt bestellen. (Kennen Sie eine Frau, die oben und unten die gleiche Größe hat? Ich nicht.) Das nenne ich eine Revolution auf dem Gebiet des Bikiniangebots! Anprobiert wird bei Kerzenschein, und was nicht passt, schickt man zurück.

Danach wirft man noch mal einen Blick auf die Fotos der halbnackten Prominenten, und siehe da: Entdeckt man da nicht eine winzige Delle am Po von Claudia Strunz, Franzi van Almsick oder Britney Spears? Hach, das Leben ist schön, die Cellulite verschont auf Dauer auch unsere berühmten Geschlechtsgenossinnen nicht, und jetzt genießen wir endlich den Frühling!

Ich liebe meine Kinder. Ich würde jedem an die Gurgel gehen, der ihnen etwas antun möchte. Immer habe ich mir Kinder gewünscht, und ich bin unendlich glücklich, dass ich sie habe. Trotzdem gibt es hin und wieder Momente, in denen ich wünsche, ich wäre zehntausend Kilometer weit weg von ihnen, auf einer einsamen Insel.

Zum Beispiel die Sache mit der Jacke. Jeden Samstag hat mein Sohn Fußballtraining. Jeden Samstag geht er mit Jacke hin und kommt ohne Jacke wieder. Mein Sohn ist vierzehn, nicht fünf. Er ist der drittbeste Schüler in seiner Klasse. Er hat seine eigene Homepage entworfen, er kann mir den Urknall erklären und kennt nicht nur sämtliche Bundesligavereine, sondern auch alle amtierenden deutschen Minister und ihre Ressorts. Er ist kein dummes Kind. WARUM vergisst er trotzdem jeden Samstag seine Jacke in der Turnhalle (die das Wochenende über natürlich verschlossen ist, was bedeutet, dass er – auch im tiefsten Winter – bis Montag ohne Jacke rumläuft)?

Oder: Tesafilm. Ich habe ihm in seinem Leben ungefähr hundert Tesafilm-Abroller geschenkt, die er samt und sonders verloren hat. Trotz meines ausdrücklichen, tausendfach ausgesprochenen, mit allen Drohungen dieser Welt versehenen Verbotes klaut er regelmäßig meinen Abroller (der häufig für immer verschwunden bleibt), was mich so aufregt, dass ich vor Wut durch die Decke gehen könnte. Ist ihm übrigens völlig egal. Lieber eine Mutter auf dem Dach, als keinen Tesa-Abroller zur Hand.

Oder: die Klamotten-Berge. Weil meine Tochter zu faul ist, einmal getragene oder nur kurz anprobierte Kleider wieder in den Schrank zu räumen, schmeißt sie alles in die Wäsche. Drei bis vier Maschinen pro Tag kommen da schnell zusammen. Ich kann bitten, schimpfen, mich auf den Boden werfen, weinen, schreien, wüten – keine Wirkung. Null. Am nächsten Tag ist der Wäschekorb wieder voll.

Die nassen Handtücher am Boden, die offene Zahnpastatube im Waschbecken, die frei flottierenden Schuhe, die überall herumliegenden Haargummis – bei jedem Gang durchs Haus mache ich die immer gleichen Aufräumarbeiten, die bereits nach Stunden nicht mehr zu bemerken sind. Dann geht alles wieder von vorn los.

Manchmal möchte ich leise vor mich hin weinen. Die Sinnlosigkeit meines Tuns macht mich melancholisch. Woher nehmen zwei kleine, egoistische Menschenmoster das Recht, mich zu all den stumpfsinnigen, sich endlos wiederholenden Tätigkeiten zu zwingen, und dafür obendrein kein bisschen dankbar zu sein?

Kinder kolonialisieren unser Leben. Sie besetzen unser Herz und unser Haus, sie halten uns mit unsichtbaren Fesseln gefangen und beanspruchen unsere Zeit und unsere Kraft wie nichts und niemand sonst.

Außerdem hören sie unsere CDs, leihen sich unsere T-Shirts, benutzen unsere Wimperntusche, unsere Schere, unseren Computer, unseren Internet-Anschluss, unsere Digital-Kamera. Wie Heuschrecken fallen sie über den Inhalt des Kühlschrankes und der Speisekammer her, fragen ständig nach Geld, und wenn sie uns restlos ausgeplündert haben, fahren sie mit unserem Auto davon, hinein in ihr eigenes Leben.

Manchmal stelle ich mir vor, was ich so tun würde den ganzen Tag, auf meiner einsamen Insel. Wie viele Bücher ich ungestört lesen und schreiben würde. Wie herzlich egal mir verlorene Jacken sein könnten. Wie gleichgültig nasse Handtücher am Boden. Und wie viele Tesa-Abroller ich besitzen würde. Eine schöne Phantasie. Leider auch ziemlich langweilig. Das Problem ist, dass man sich an die Hausbesetzer gewöhnt, dass man den täglichen Ärger mit ihnen regelrecht braucht, und dass einem beides schrecklich fehlen wird, wenn die Besatzung eines Tages vorbei ist.

Hilft also nur eines: Die Kolonisatoren zu lieben, so lange sie da sind, und endlose Wäscheberge und offene Zahnpastatuben auf keinen Fall persönlich zu nehmen. Und dann bleibt uns ja auch noch der Trost, dass unsere Kinder eines Tages dasselbe durchmachen werden wie wir: Unsere Enkel werden uns rächen!

Luxusleben

Die meisten von uns träumen ein Leben lang vergeblich von jenen Dingen, die angeblich so erstrebenswert sein sollen: Luxus-Kreuzfahrten, Golfclub-Mitgliedschaften, Designer-Klamotten, Society-Partys. Geld selbst zu verdienen ist anstrengend, deshalb streben viele junge Frauen nach einer Eheschließung mit einem möglichst solventen und prominenten Vertreter der Männerwelt, wie zum Beispiel … Dieter Bohlen. Der kann einer Frau ganz offensichtlich ein Leben im Luxus und – ganz wichtig – im Scheinwerferlicht der Öffentlichkeit ermöglichen. Mal abgesehen davon, dass ein Leben mit Dieter Bohlen vermutlich schmerzensgeldpflichtig ist, kann ich Sie auch sonst beruhigen: Das tolle Leben ist nicht halb so toll wie Sie denken!

1. **Luxus-Kreuzfahrt.** Ich hatte mal Gelegenheit, zwei Tage auf so einem Dampfer der Luxusklasse zuzubringen. Sieht aus wie ein riesiges Hotel, hat aber den Nachteil, dass man nicht auf die Straße gehen kann. Selbst wenn Sie unter dreißig sind, senken Sie durch Ihre Anwesenheit den Altersdurchschnitt bestenfalls auf 82. Sie müssen den lieben langen Tag essen, schließ-

lich war die Reise teuer genug und soll sich amortisieren. Wenn Ihnen jemand ein Gespräch aufdrängt, ist es schwer, zu entkommen, außer Sie springen über Bord. Und wenn Sie bei einem Zwischenstopp endlich Land erreicht haben, geht die Fahrt weiter, bevor Sie sich orientiert haben, wo Sie eigentlich sind. Empfehlenswert nur für Fußkranke und Leute, die endlich mal in Ruhe Dieter Bohlens Autobiographie lesen wollen. (Aber wer will das schon?) Genuss-Punkte: 2 von 10.

2. **Golfclub-Mitgliedschaft.** Meine herzliche Abneigung dem Golfspiel gegenüber habe ich ja schon mehrfach zum Ausdruck gebracht. Es will mir einfach nicht in den Kopf, dass ein gemütlicher Spaziergang über einen gepflegten Rasen, unterbrochen durch gelegentliches Schwingen eines Schlägers, ernsthaft als Sport zählen soll. Es will mir weiterhin nicht in den Kopf, dass man für dieses Rentner-Vergnügen zehntausend Euro im Jahr hinblättern muss, nur um nicht mit dem gemeinen Volk in Berührung zu kommen. Ich begreife nicht, wie man Abende lang über Golf reden kann. Und schließlich finde ich es im höchsten Grade dekadent, dass die exklusivsten Golf-Rasenplätze meist da zu finden sind, wo es das wenigste Wasser gibt – auf südlichen Inseln oder in Dritte-Welt-Ländern. Soll ich Ihnen mal verraten, wobei Sie garantiert tausendmal mehr Spaß haben? Bei einer Partie Minigolf. Kein Witz. Kostet nur 7 Euro für vier Leute. Sie sparen also 9993 Euro! Genuss-Punkte: 1 von 10.

3. **Designer-Klamotten.** Jetzt mal ganz im Ernst: Warum soll ich für ein Kleidungsstück das Zehnfache von

dem ausgeben, was nötig ist? Nur, weil hinten im Kragen – für meine Mitmenschen unlesbar – der Name eines Edel-Labels steht? Bin ich bescheuert? Denn es ist ja nicht mal so, dass die teuren Fetzen besser verarbeitet wären, oh nein, die Knöpfe fallen genauso schnell ab wie bei der Billig-Klamotte, und unmodern sind sie nächstes Jahr auch. Wir kaufen mit einem Designerstück nicht die außergewöhnliche Qualität, wir kaufen nur die Illusion von Exklusivität, das Gefühl, etwas Besonderes zu haben – und dadurch was Besonderes zu sein. Selbstbewusste und kluge Frauen haben das überhaupt nicht nötig. Die sehen toll aus in preiswerter Kleidung und legen das gesparte Geld für was Sinnvolles an. Genuss-Punkte: 3 von 10 (zugegeben: Manchmal ist der Stoff schön.)

4. **Society-Partys.** Ein Volkshochschul-Dia-Vortrag über die Wunder der Serengeti mit anschließender Diskussion ist unterhaltsamer als ein so genanntes Society-Event, wo tief dekolletierte Damen mit Schlauchboot-Lippen und zu Geld gekommene Herren mit schütter werdendem Haar ihre Balzrituale vollziehen. Ein gewisses voyeuristisches Vergnügen räume ich ein, falls man das Glück hat, Zeuge von Entgleisungen (Schlägerei, hysterische Krise einer Schauspielerin, kopulierendes Paar auf dem Damenklo) zu werden. Passiert leider selten, und wenn, kriegt man's meistens doch nicht mit. Genuss-Punkte: 2 von 10 (Essen und Trinken sind umsonst.)

5. **Licht der Öffentlichkeit.** Ist schon komisch: Erst wollen die Leute alle berühmt werden, und wenn sie's

endlich sind, beklagen sie sich, dass sie nicht mehr im Schlafanzug die Zeitung holen können, weil Paparazzi ihre Villa belagern. Aber wehe, das Licht der Öffentlichkeit droht zu verblassen, dann rufen die Promis schnell bei einer Zeitung an und laden die Paparazzi zu sich nach Hause ein. Genuss-Punkte: 1, wenn man drin steht, 10, wenn man nicht drin steht. (Erstrebenswert ist eben nur, was man nicht hat.)

Mein Rat: Genießen Sie Ihr Leben und seien Sie froh, dass Sie nicht mit Dieter Bohlen verheiratet sind!

Alles unter Kontrolle

Mein Mann behauptet, ich hätte einen Kontrollzwang. Also, ich finde, er übertreibt.

Natürlich macht es mich ärgerlich, wenn Menschen Dinge tun, bei denen ich mir an den Kopf greife. Und natürlich würde ich immer gerne verhindern, dass irgendwas schief geht. Leider musste ich begreifen, dass dieses Vorhaben sinnlos ist. Aus unerfindlichen Gründen wollen die Menschen ihre eigenen Erfahrungen machen, obwohl ich häufig schon vorher weiß, wie es ausgehen wird.

Das beginnt schon mit so einfachen Dingen wie dem Öffnen einer Tüte mit Weingummis. Seit ich denken kann, predige ich meinen Kindern, dass man die Tüte quer aufreißt. Seit sie Tüten öffnen können, reißen meine Kinder die Tüte längs auf. Mit dem Resultat, dass der Riss sich nach unten verlängert und die Weingummis auf den Boden fallen. Ist doch so was von logisch, wieso lernen die das bloß nicht?

In unseren Wäscheschrank passen drei Stapel Handtücher nebeneinander, aber nur, wenn die Handtücher nicht quadratisch, sondern rechteckig gefaltet sind. Ich weiß nicht, wie oft ich der ganzen Familie eine Sondervorführung im Handtuchfalten gegeben habe, jedenfalls nicht oft genug, denn alle falten weiter stur quadratisch, und vor dem Einräumen falte ich um. Warum kriege ich das nicht rein in ihre Köpfe? Man stelle sich mal vor, wie viel Zeit ich damit schon verschwendet habe! Tage! Wochen!

Oder die Ehekrise unserer Freunde. Schon länger hatte ich den Eindruck, dass es einer Partnerschaft nicht gut tun kann, wenn einer ständig durch die Welt jettet und der andere nur zu Hause sitzt und wartet. Aber so was äußert man natürlich nicht ungefragt. Jetzt ist die Krise da, und ich frage mich, ob ich vielleicht doch schon früher was hätte sagen sollen. Nur: Hätte ich es getan, wären die zwei vermutlich nicht mehr unsere Freunde.

Manchmal weiß man ja schon bei der Hochzeit, dass eine Ehe scheitern wird, aber wehe, man würde es aussprechen. Die Leute sind ja so undankbar. Wollen die Wahrheit nicht hören. Die aufwändige Feier, die teure Hochzeitsreise, die enttäuschten Verwandten – all das, denkt man so bei sich, müsste doch nicht sein. Aber bitte, die Leute wollen eben in ihr Unglück rennen. Kann man auch nichts machen.

Menschen, die versuchen, immer alles richtig zu machen, haben es schwer. Noch schwerer haben es die, die versuchen, andere dazu zu bringen, alles richtig zu machen. Sie gelten als rechthaberisch und übergriffig, dabei wollen sie doch nur das Beste für ihre Mitmenschen. Aber diese undankbaren Geschöpfe wollen einfach nicht erklärt bekommen, wie man Weingummitüten öffnet und Ehekrisen verhindert. Sie wollen es selbst herausfinden.

Wie Kinder. Die müssen auch einmal selbst auf die

Herdplatte fassen und sich die Finger verbrennen. Erst danach nutzen all die Warnungen, die von den Eltern ausgestoßen werden. Dabei würde man seinen Kindern den Schmerz so gerne ersparen! Ist doch klar, dass Sohnemann seine Schularbeit verhaut, wenn er das Buch unters Kopfkissen legt, statt mal reinzuschauen. Oder, dass Töchterlein sich bei minus 10 Grad mit einem bauchfreien Top eine satte Erkältung holt. Aber wehe, man sagt was. Schon heißt es, man hätte einen Kontrollzwang.

Wenn man es also schon bei Kindern nicht schafft, durch Ermahnungen schlechte Erfahrungen zu verhindern, wieso sollte es bei Erwachsenen funktionieren? Dabei hätte man doch so viele wertvolle Tipps und Ratschläge zu vergeben!

Bräuchte man aber selbst mal einen guten Rat, dann ist keiner da, der einem auch nur zuhört.

Sonst wäre ich vor ein paar Jahren sicher nicht auf den tollen Aktienspezialisten reingefallen, der meine Ersparnisse ins Unermessliche steigern wollte und dabei leider den Großteil vernichtet hat. So stehe ich nun ohne Ersparnisse da, aber mit der Erkenntnis, dass vermutlich mein eigener, gesunder Menschenverstand gereicht hätte, das Desaster zu verhindern. Wenn ich ihn nur benutzt hätte.

Der Mütter-Minderwertigkeits-Komplex

Ich weiß nicht, wie es Ihnen geht, aber ich habe manchmal das Gefühl, als Mutter eine völlige Fehlbesetzung zu sein. Schon in der Schwangerschaft fehlte mir die hormonell bedingte Euphorie; ich freute mich zwar auf mein Kind, aber nie bekam ich diesen seligentrückten Gesichtsausdruck hin, den ich oft bei anderen Schwangeren beobachte. Die Geburt wünschte ich mir nicht – auf meine großartigen Fähigkeiten als Gebärende vertrauend – sanft und alternativ, sondern umgeben von möglichst viel High-Tech-Geräten und Ärzten. Den Schlafentzug der ersten Monate mit dem Baby empfand ich als mittelschwere Folter, und die Vorstellung, in den folgenden drei Jahren rund 5000 Windeln zu wechseln war durchaus geeignet, mich in eine Depression zu stürzen.

Nicht selten wünschte ich mir mein früheres Leben zurück; Ausschlafen, Ausgehen und Sex statt Stillen, Wickeln und Kinderwagenschieben. Ich hatte das Gefühl, in eine gemeine Falle getappt zu sein, besonders, weil mir kein Mensch vorher gesagt hatte, was auf mich zukommt. Aber das Schlimmste: All das durfte ich nicht laut aussprechen. Es scheint eine geheime Übereinkunft zu geben, dass man als junge Mutter immerzu glücklich zu sein hat und keinesfalls jammern und klagen darf. Niemand will hören, dass man vor Erschöpfung heulen könnte, dass man unter den Kilos leidet, die einfach nicht verschwinden wollen, und darunter, sich nicht mehr als Frau zu fühlen, sondern als milchtropfendes Muttchen, durch das die Männer hindurchsehen, als wäre es nicht vorhanden.

Als ich diesen Anfangsfrust endlich überwunden hatte, lauerten bereits die nächsten Demütigungen. Mütter sind nämlich grausam und lassen keine Gelegenheit aus, ihren Mitmüttern zu zeigen, dass sie die Besseren sind. Ernährung, Gesundheit, Sauberkeitserziehung – auf allen Feldern wird um die goldene Muttermedaille gekämpft, und das Gefühl, zu versagen, entwickelt sich zum Dauerbegleiter.

Man schleppt sein Kind nicht mit dem Tragetuch herum – ganz sicher wird es ein schweres, seelisches Defizit davontragen. Man wickelt es nicht mit naturbelassenen Stoffwindeln – natürlich wird es Allergien kriegen, und außerdem handelt man umweltpolitisch verantwortungslos. Man gibt ihm keine frisch pürierten Bio-Karotten, sondern Gläschenkost – da muss einem schon klar sein, dass es, voll gepumpt mit Gift und Schadstoffen, vermutlich nicht mal das Grundschulalter erreichen wird. Man lässt sein Kind im Fernsehen die Verfolgungsjagden von »Tom und Jerry« ansehen – sicher wird es später mal Serienkiller.

Und überhaupt: Egal, was man macht, die anderen Mütter geben einem – bewusst oder unbewusst – das Gefühl, man mache es falsch. Ja, und irgendwann glaubt man es dann selbst.

So leide ich noch heute (meine Kinder sind inzwischen 11 und 14) unter einem chronischen schlechten Gewissen und der zwanghaften Vorstellung, alle anderen Mütter würden alles besser hinkriegen als ich.

Besonders eine meiner Freundinnen bringt mich zur Verzweiflung. Nicht nur, dass sie Beruf, Haushalt und Familie perfekt managt, sie wirkt auch nie gestresst dabei! Und ihre Kinder erst! Gut in der Schule, höflich und hilfsbereit, sauber und adrett gekleidet, und ordentliche Kinderzimmer haben sie auch noch – und das, obwohl alle drei im Pubertätsalter sind. In dieser Familie wird nicht geschrien und nicht gestritten, alle sind ständig gut drauf und nett zueinander.

Wenn ich da den Blick auf unser Familienleben richte, gerate ich schon ins Grübeln.

Lautstarke Auseinandersetzungen und knallende Türen sind durchaus keine Seltenheit. Das eine der beiden Kinderzimmer ist nur mit dem Minibagger passierbar, im anderen darf kein Buch verrückt werden, sonst gibt's Zoff. Hilfe im Haushalt muss nachdrücklich und jeden Tag aufs Neue eingefordert werden, und über die Schulleistungen unserer Sprösslinge kann man durchaus geteilter Meinung sein.

WAS MACHE ICH BLOSS FALSCH? Alles. Nichts. Oder?

Ich habe beschlossen, mit der Selbstzerfleischung aufzuhören. Ich tue, was ich kann, und das so gut wie möglich. Mehr geht eben nicht. Dann wird halt mal gestritten, dann fliegen halt mal die Türen. Und was sind schon ein ordentliches Kinderzimmer oder geputzte Schuhe gegen meinen inneren Seelenfrieden?

Was waren das noch für selige Zeiten, als man termingerecht seine Lebenskrisen bekam, und die Mitmenschen reagierten wissend und voller Verständnis.

Pubertät? Na, klar, das war diese Zeit zwischen zwölf und sechzehn, in der man Pickel hatte, die Eltern zum Kotzen fand und bis zur Besinnungslosigkeit Musik hörte, die jeden Erwachsenen in die Flucht schlug. Wenn man Pech hatte, trug man auch noch eine Zahnspange, aber hässlich fühlte man sich sowieso, deshalb war es eigentlich egal. Man führte allerhand Selbstversuche durch, zum Beispiel, wie lange man sich nicht waschen kann, ohne dass der Banknachbar sich demonstrativ wegsetzt, oder, wie viel Cola mit Eckes Edelkirsch man trinken kann, bevor man ins Koma fällt.

Es folgte die Krise um zwanzig. Man war gerade fertig mit der Schule, hatte die ersten Praktika hinter sich und war ziemlich ernüchtert. Zehn Stunden täglich fotokopieren und Kaffee kochen – das konnte es ja wohl nicht sein! Die Aussicht auf weitere Jahre des Ausgebeutetwerdens, bis man vielleicht vom Praktikanten zum dritten Assistenten aufgestiegen wäre, bewegte manchen Verächter akademischer Bildung zur

Einschreibung an einer Hochschule. Das konnte ja so anstrengend nicht sein. War es auch nicht, wenn man – wie viele Wohlstandskinder – die Uni als Zwischenstation betrachtete, wo man Leute kennen lernen und darauf warten kann, dass man entweder den Traumpartner oder den Traumjob ergattert. Die Bafög-Rückzahlung war in weiter Ferne, Studentenjobs reich gesät, bei manchen lief es mit dem Jobben so gut, dass sie vom Hörsaal direkt hinter den Tresen wechselten und dort blieben.

Klar, dass die nächste Krise programmiert war: Je näher der dreißigste Geburtstag rückte, desto drängender wurden Fragen wie: Werde ich in der Gosse landen, wenn bald alle ihr Studium abgeschlossen haben, nur ich nicht? Wo bleibt eigentlich mein Traumpartner? Wird es nicht langsam Zeit mit dem Kinderkriegen?

Die Krise um dreißig empfinden viele Frauen als existenziell, immerhin entscheidet sich in dieser Phase fast alles, was in späteren Jahren von Bedeutung sein wird. Eine Zeit des Umbruchs. Der Freundeskreis fällt auseinander, einige machen Karriere, andere steigen aus, wieder andere gründen Familien – nur man selbst sitzt zwischen allen Stühlen und weiß nicht, wie es weitergehen soll. Irgendwie ist es aber auch eine gute Zeit. Man jammert zwar viel, aber insgeheim ahnt man zumindest, dass noch alles drin ist.

Nicht so mit vierzig. Da wird es eng. Wer's beruflich noch nicht geschafft hat, wird sich zunehmend schwer tun. Die Kinderfrage drängt. Die Partnersuche nicht minder, man wird nicht jünger, die Konkurrenz dafür größer. Torschlusspanik kommt auf. Wer verheiratet ist und Kinder hat, fragt sich, ob's das jetzt war, mit der Liebe, der Leidenschaft, dem Leben.

Fast freut man sich auf den Fünfzigsten, da weiß man wenigstens, welchen verpassten Chancen man nicht mehr nachtrauern muss.

Früher war also klar, wann welche Krise kommt, und wie sie sich anfühlt. Heute ist nichts mehr klar. Pubertierende waschen sich freiwillig und hören die gleiche Musik wie ihre Eltern. Zwanzigjährige waren schon mal Millionär und fangen gerade das zweite Mal von vorne an. Und die Dreißigjährigen? Die können sich den Luxus einer Krise gar nicht mehr leisten, weil sie froh sind, wenn sie überhaupt einen Job finden. Und wenn sie einen haben, fürchten sie so sehr, ihn zu verlieren, dass sie das Kinderkriegen erst mal verschieben. Die Krise ist in die Krise gekommen, und das ist ein echtes Alarmzeichen. Wenn man so mit Überleben beschäftigt ist, dass man sich nicht mal mehr fragen kann, welches Leben man eigentlich gern führen würde, kann etwas nicht stimmen. Krisen dienen der Orientierung, der Veränderung, der Reifung. Wer keine erlebt, kann sich nicht entwickeln. Die Dreißigjährigen sollten für ihr Recht auf Krise kämpfen, sonst enden sie als früh vergreiste Spätpubertierende. Mit fünfzig noch Eckes-Cola – das kann doch nun wirklich keiner wollen!

Ein bisschen Nervenkitzel, bitte!

Offenbar ist das Leben ziemlich langweilig, wenn man nicht gerade zufällig in einem Erdbebengebiet wohnt, einen amoklaufenden Nachbarn hat oder seinen Lebensunterhalt mit Banküberfällen bestreitet. Wie sonst ist zu erklären, dass Menschen, die das Glück haben, in erdbebensicheren, deutschen Wohngebieten zu leben und ungefährlichen Berufen nachzugehen, sich in ihrer Freizeit freiwillig in Lebensgefahr begeben?

Sie rasen auf Motorrädern enge, kurvige Straßen entlang, sie springen an Gummiseilen von Hochhäusern, sie fliegen an dubiosen Konstruktionen hängend von Bergen herunter oder lassen sich aus einem Flugzeug fallen. Sie fahren bis Australien, um endlich »die perfekte Welle« fürs Surfen zu erwischen, auch wenn die in einem Haigebiet rollt. Sie tauchen immer tiefer und tiefer, bis der Wasserdruck auch noch den letzten Rest an Verstand aus ihren Gehirnen gequetscht hat. Oder sie durchqueren die Wüste in einem Freizeitjeep, ohne Ortskenntnis, richtige Ausrüstung und genügend Proviant.

Die Sehnsucht nach Grenzerfahrungen scheint groß zu sein in einer Gesellschaft, deren Bürger gegen alles und jedes, von Arbeitsunfähigkeit über Hagelschlag bis Zahnausfall, versichert sind. Immerzu verlangen sie nach mehr Sicherheit, und von ihren Politikern erwarten sie gegen sämtliche Unwägbarkeiten des Alltags durch immer komplexere Gesetze geschützt zu werden. Und wenn sie dann so gut beschützt und versichert sind, dass ihnen sterbenslangweilig geworden ist, ziehen sie los, um endlich mal was Aufregendes zu erleben. »Fun« sollen diese ganzen Dummheiten bringen, zu gut Deutsch »Spaß«.

Also, ich persönlich verstehe unter Spaß etwas anderes. Ich bin jedes Mal froh, wenn das Flugzeug, in dem ich unglücklicherweise sitze, heil wieder gelandet ist. Oder wenn die Fähre, die leider die einzige Verbindung zu meiner Ferieninsel darstellt, sicher in den Hafen eingelaufen ist. Eigentlich bin ich schon froh, wenn ich morgens gesund aufwache und nicht über Nacht erblindet bin oder rätselhafte Lähmungserscheinungen habe. Da werde ich doch einen Teufel tun und das Schicksal herausfordern!

Mein Leben ist wahrhaftig gefährlich genug: Ich führe einen Haushalt, was eine der riskantesten Tätigkeiten überhaupt ist, denn statistisch gesehen passieren die meisten Unfälle nicht im Rennwagen oder beim Gleitschirmfliegen, sondern in den eigenen vier Wänden. Ich könnte mir beim Kartoffelschälen einen Finger abschneiden, beim Kuchenbacken schwere Brandverletzungen zuziehen oder beim Fensterputzen von der Leiter fallen.

Des Weiteren fahre ich mit meinem Auto oft auf Landstraßen, wo ich jederzeit mit einer marodierenden Kuhherde kollidieren kann, oder wo mir nächtens bierselige Bauern auf meiner Spur entgegenkommen.

Auch die Gefahr, mit einem Reh zusammenzustoßen, das, von meinen Scheinwerfern geblendet, auf die Straße springt, ist ziemlich hoch.

Mein Beruf verschafft mir ebenfalls ausreichend Nervenkitzel, denn jede Tätigkeit, die sich vor den Augen der Öffentlichkeit abspielt, trägt das Risiko des Absturzes in sich. Wenn niemand mehr meine Kolumnen und Bücher lesen oder meine Sendungen sehen möchte, dann hätte ich Pech gehabt, und wäre ja auch nicht die Erste, der es so erginge.

Aber die kribbelndste Grenzerfahrung ist und bleibt die Aufzucht von Kindern. Bei keiner Fun-Sportart ist man derart gefährdet wie im Umgang mit dem eigenen Nachwuchs. Kinder sind zu keinem anderen Zweck auf der Welt, als ihre Eltern an die eigenen Grenzen zu führen. Wer Kinder hat, kann sich die Safari zu den wilden Tieren der Serengeti oder die Kanalüberquerung auf einem Baumstamm sparen; der Kampf mit dem Nachwuchs ist mindestens so abenteuerlich und nervenaufreibend.

Wenn man dieses Abenteuer einigermaßen unbeschadet überstanden hat, bleibt einem nur noch der Griff nach den Nordic-Walking-Stöcken. Das ist die Sportart, die den wenigstens Nervenkitzel überhaupt verursacht, und genau das ist es, wonach Eltern sich sehnen!

Die Macht der Gewohnheit

Warum fährt mein Mann beim Anziehen immer mit dem linken Bein zuerst in seine Hose, und nicht mit dem rechten? Warum füllt er beim Frühstückmachen zuerst Teeblätter in die Kanne und dann Müsli in die Schüssel, nicht umgekehrt? Warum liest er immer zuerst die Medienseite statt der Sport- oder Politikseite? Warum trinkt er jeden Abend vor dem Schlafengehen ein Bier, auch wenn es mitten in der Nacht ist und wir gerade von einer Einladung zurückkommen? Warum putzt er sich die Zähne von links nach rechts statt von rechts nach links?

Der Mensch ist ein Gewohnheitstier. Vertraute Abläufe geben ihm Sicherheit, helfen ihm, sein In-die-Welt-geworfen-Sein leichter zu ertragen. Schon bei kleinen Kindern kann man beobachten, wie sehr sie das Bekannte schätzen und dem Neuen misstrauen: Versuchen Sie mal, beim Vorlesen des Lieblingsbilderbuches winzige Änderungen im Text zu machen – das Kind wird wütend protestieren. Auch beim gemeinsamen Singen muss unbedingt darauf geachtet werden, dass die Worte immer gleich sind. Selbst kleinste Abweichungen führen zu großen Irritationen.

Deshalb muss Oma auch jedes Mal den genau gleichen Nudelauflauf kochen, wenn ihre Enkel zu Besuch kommen, und die wollen dort im gleichen Bett wie immer schlafen, das an der gleichen Stelle stehen muss wie beim letzten und vorletzten und vorvorletzten Mal. Beim Spazierengehen dreht man natürlich dieselbe Runde wie immer, in der Stadt besucht man dieselbe Pizzeria, dasselbe Eiscafé, und bestellt – wie immer – Pizza Salami bzw. Coppa Amarena.

Zur Obsession können Rituale werden, die mit Festtagen verbunden und im kindlichen Gedächtnis tief gespeichert sind. Mein jüngster Bruder bestand noch im reifen Alter von fünfundzwanzig darauf, dass an Weihnachten gefälligst alles genau so abzulaufen habe wie früher, als wir noch klein waren. Also, das Wohnzimmer zwei Tage vorher zugesperrt und die Vorhänge geschlossen, geheimnisvolle Geschäftigkeit seitens unserer Mutter, am Weihnachtsabend gegen 17 Uhr das Erklingen des Glöckchens, die staunende Feststellung: »Das Christkind war da!«, die notorische mütterliche Aufforderung: »Jetzt schaut euch doch erst mal den schönen Baum an!«, Geschenke auspacken, Verlesen der Briefe und Karten unter allgemeiner Anteilnahme der Familienmitglieder, und zum Essen natürlich Karpfen mit Sahnemeerrettich und Kartoffeln, wie seit über zwanzig Jahren.

Die Familie ist der Nährboden für Rituale. Im täglichen Zusammenleben entstehen die kleinen Gewohnheiten und immer gleichen Abläufe, die Sicherheit geben, auch wenn sie einem zwischendurch furchtbar auf die Nerven gehen können.

Seit zwölf Jahren gibt es bei uns jeden Morgen Earl-Grey-Tee mit Milch und dazu Müsli. Ebenso lange knüllt mein Mann sein Handtuch nach dem Duschen auf einen Stuhl, statt es aufzuhängen. Seit sechs Jahren legt meine Tochter nach dem Frisieren ihre haarige Bürste auf den Frühstückstisch, obwohl ich's ihr schon tausendmal verboten habe. Seit neun Jahren ermahne ich jeden Morgen meinen Sohn: »Verlier deine Mütze (wahlweise: Sporttasche, Jacke, Geldbeutel) nicht!« Bei jeder Mahlzeit bitte ich um die Verwendung von Servietten. Es geht allen auf den Wecker (besonders mir), aber wehe, ich sage mal nichts. Dann heißt es: »Du musst uns an die Servietten erinnern!«

Bei jedem Abschied ein Kuss, ein Nachblicken, ein letztes Winken. Und an den Partner die immer gleiche Ermahnung: »Fahr vorsichtig!« Als könnte man damit die Gefahren bannen, die draußen in der Welt auf die geliebten Menschen lauern. Rituale sind auch der Versuch einer Beschwörung. Die sich wiederholenden Formeln sind wie Zaubersprüche gegen das Böse, die wiederkehrenden Handlungen sollen das Unvorhergesehene bannen, das in unser Leben eindringen und es gefährden könnte.

Obwohl es mich manchmal wahnsinnig macht, bin ich doch jedes Mal froh, wenn ich sehe, wie mein Mann mit dem linken Bein zuerst in die Hose fährt, denn das gibt mir die Gewissheit, dass er es auch morgen tun wird, und übermorgen, und überübermorgen …

Da glauben wir Menschen, wir hätten einen freien Willen und seien zu tiefen Gefühlen fähig, und was ist: alles Quatsch. In Wirklichkeit machen wir nur, was uns die Hormone und Botenstoffe in unserem Körper befehlen; Östrogen, Testosteron, Serotonin und Oxytocin bestimmen, was wir tun und wie wir uns dabei fühlen.

Wie sonst wäre zu erklären, dass intelligente Frauen gelegentlich neben Typen aufwachen, die sie normalerweise keines Blickes würdigen – nur weil sie gerade ihren Eisprung haben und ihre östrogentrunkenen Zellen: »Befruchten!« schreien. Schon ein paar Tage später hätte der muskelgestählte Typ mit breiten Schultern und schmalen Hüften keine Chance mehr, weil Frauen in der zweiten Zyklushälfte ganz andere Männer toll finden. Solche nämlich, mit denen man gemütlich kuscheln und reden kann, und die so aussehen, als würden sie später dem Nachwuchs auch mal die Windeln wechseln.

Und wenn wir uns verliebt haben, geht's erst richtig los. Ein Cocktail aus dem Liebesmolekül Oxytocin, dem Rauschmittel Dopamin und jeder Menge Wohlfühl-Endorphinen überschwemmt unsere Blutbahn und macht uns zu Idioten mit Herzchen in den Augen und blödem Lächeln im Gesicht. Wir brauchen nichts zu essen, kaum Schlaf, unser Immunsystem arbeitet auf Hochtouren.

Der Serotoninwert von Verliebten liegt bis zu vierzig Prozent unter dem Normalwert, und damit nur noch so hoch wie bei verhaltensgestörten Personen; und als solche kann man Verliebte – streng wissenschaftlich gesehen – durchaus bezeichnen. Der Mangel an Serotonin senkt die Hemmschwellen, die uns normalerweise davon abhalten, jemandem mitten in der Nacht hundert Rosen vorbeizubringen oder sein Auto mit bunten Bändern zu umwickeln, auf denen eine Million Mal »I love you« steht. Im Liebesrausch aber tun wir Dinge, für die wir uns bei normalem Serotoninspiegel schämen würden.

Auch das Geheimnis der sexuellen Anziehung ist nicht halb so unerklärlich, wie wir glauben. Es genügt, dass ein Kerl sich ein paar Sexuallockstoffe auf den Pullover sprüht, schon neigen Frauen dazu, ihn für attraktiv zu halten. Sprüht man die gleichen Lockstoffe auf einen Stuhl im Wartezimmer einer Arztpraxis, stürzen sich die Frauen auf ihn, als sei er George Clooney.

Hat ein Mann uns zum sexuellen Höhepunkt gebracht, glauben wir gerne, wir seien in ihn verliebt. In Wahrheit ist es nur wieder das beim Orgasmus ausgeschüttete Oxytocin, das uns das Hirn vernebelt. Lässt seine Wirkung nach, müssen wir leider oft erkennen, dass wir doch keinen Mann lieben können, der karierte Anzüge trägt oder nach dem Essen in den Zähnen pult.

Übrigens sind auch die Männer Sklaven ihrer Hormone. Schon ihre morgendliche Erektion ist nicht etwa Indiz für ihre tolle Potenz, sondern nur für einen hohen Testosteronspiegel. Von diesem Stoff hängt so ungefähr alles ab, was ihn zum Mann macht: ob er gut im Bett ist, erfolgreich im Beruf, leistungsfähig auf dem Sportplatz. Ob er sich selbstbewusst fühlt, bei Frauen ankommt, Lust auf Sex hat. Bei Testosteronmangel wird er fett, seine Hoden schrumpfen, die Libido lässt nach, die Spermien schwächeln.

Oje, was für eine Ernüchterung! Was wir für das Geheimnis des Eros halten, was unsere Knie beim Anblick des Geliebten schwach werden lässt, was wir als einzigartiges Gefühl empfinden: alles nur Chemie.

Bleibt die Frage, warum unsere Hormone genau bei d i e s e m Kerl tanzen, und bei keinem anderen. Dieses Geheimnis hat bisher kein Wissenschaftler gelöst, und das ist auch gut so. Stürzen wir uns hinein in den Rausch, egal, welcher Stoff ihn ausgelöst hat!

Faule Säcke, arme Schweine

Kinderkriegen ist ein natürlicher Vorgang? Von wegen. Für manche Frauen ist die Geburt ein Termin unter vielen – zwischen Business-Meeting und Gucci-Modenschau legen sie einen Zwischenstopp in der Klinik ein und kriegen ihr Kind per Kaiserschnitt zum Wunschtermin – schmerzfrei und ohne die geringste Anstrengung.

Claudia Schiffer, Victoria Beckham und Verona Feldbusch haben es vorgemacht, und immer mehr Frauen machen es nach: Jedes fünfte Kind kommt inzwischen per Kaiserschnitt, noch vor ein paar Jahren war es nur jedes siebte. Und sogar die Ärzte geben zu, dass viele dieser Kaiserschnittgeburten nicht der medizinischen Notwendigkeit folgen, sondern der Bequemlichkeit der Gebärenden.

Die Damen liegen im Trend, denn Anstrengung ist offenbar out. Zu dieser Einsicht muss man jedenfalls kommen, wenn man den Medien Glauben schenkt.

Wozu sich durch die Schule quälen, wenn man als dumm-prolliger Containerbewohner viel mehr Anerkennung erhält? Es reicht, nicht zu wissen, wer Shakespeare war, und sich ungehemmt vor laufender Kamera die Fußnägel zu schneiden, um was in dieser

Gesellschaft zu gelten und sein Geld mit öffentlichen Auftritten statt mit mühseliger Erwerbsarbeit zu verdienen.

Warum einen Beruf erlernen, wenn man Superstar werden kann? Ein bisschen quieken und zappeln, die Worte »cool«, »geil« und »Wahnsinn« fehlerlos aussprechen – schon säumen kreischende Fans den Straßenrand und werfen dem neuen Superstar ihr Geld entgegen für CDs von zweifelhafter Qualität und ein bisschen biographischer Selbstentblößung.

Wofür ein Leben lang arbeiten, wenn man mit geschickter Aktienspekulation reich werden oder bei Günther Jauch eine Million gewinnen kann, sofern man weiß, dass der Planet, der so heißt wie ein Schokoriegel, »Mars« ist und nicht »Snickers«.

Die Slatkos, Alexanders und Daniels dieser Welt leben es uns vor, und mancher beginnt sich zu fragen, ob er nicht irgendwas falsch macht. Wir Mütter dürfen dann unseren uneinsichtigen Kindern erklären, dass es deutlich mehr Sinn hat, für die nächste Mathearbeit zu büffeln, als den Vortrag eines Popsongs zu erlernen und dabei mit der Haarbürste zu üben, wie man ein Mikrofon hält.

Fleiß galt mal als Tugend – heute hingegen heißt es: Der Fleißige ist der Dumme. Schlau ist, wer sich geschickt vor Anstrengung drückt und ohne Mühe zum Ziel kommt. Kein Wunder also, dass zum Beispiel viele Leute bereitwillig das Märchen glauben, man könnte abnehmen, ohne weniger zu essen oder sich mehr zu bewegen. Da werden teure und ungesunde Pillen geschluckt, die Wabbelschenkel in Vibrationsmanschetten gepackt, der Schmerbauch in eine Schwitzhülle gerollt –

und dann ab in den Fernsehsessel, in der absurden Hoffnung, die Gesetze der Physik außer Kraft setzen zu können. Wenn gar nichts hilft, legt man sich unters Messer, lässt sich das Fett absaugen oder – neueste Errungenschaft aus den USA – den Magen verkleinern, die Därme verkürzen oder sogar den Mund zunähen. Alles nur, um nicht den eigenen, faulen Hintern in Bewegung setzen zu müssen.

Dazu passen auch diese tollen Super-Learning-Kurse, in denen man angeblich innerhalb einer Woche eine Fremdsprache erlernt, indem man einen Kopfhörer aufsetzt, durch den der Lernstoff wie mit dem Nürnberger Trichter sozusagen direkt ins Hirn geleitet wird.

Mir tun sie eigentlich Leid, all die Faulen, die jede Anstrengung vermeiden und sich damit um die wunderbarsten Erfolgserlebnisse bringen. Gibt's was Schöneres als das Gefühl des Stolzes, aus eigener Kraft ein Kind geboren zu haben? Um nichts in der Welt würde ich diese Erfahrung missen wollen! All die Schiffers, Beckhams und Feldbuschs wissen ja gar nicht, was ihnen entgeht!

Ein bisschen länger joggen, eine mühsame Arbeit zu Ende bringen, den verdammten Keller endlich ausmisten – jeden Tag gibt es unzählige Gelegenheiten, einen Sieg über die eigene Bequemlichkeit zu erringen. Und jeder dieser Siege bedeutet einen Glücksmoment, weil wir stolz auf uns sein können. Drückeberger haben nichts, worauf sie stolz sein können.

Faule Säcke? Arme Schweine!

Irgendwas muss schief gelaufen sein: In diesem Jahr bin ich zu vier fünfzigsten Geburtstagen eingeladen, dabei habe ich mal gedacht, mit so alten Leuten würde ich es nie zu tun bekommen. Ich hatte immer geglaubt, älter als vierzig würde ich selbst nicht werden, und niemals hätte ich mir vorstellen können, Freunde zu haben, die fünfzig oder sogar sechzig sind.

Wenn man unter zwanzig ist, kommen einem Leute über vierzig uralt vor, und die Zeit bis dahin ist so lang, dass man sich das einfach nicht vorstellen kann. Hat man die dreißig überschritten, beginnt man zwar, Leuten über fünfzig gnädig ein Existenzrecht zuzugestehen, aber noch immer glaubt man nicht, selbst jemals sooooo alt zu werden. Mit dem vierzigsten Geburtstag fängt man widerwillig an, die Möglichkeit in Betracht zu ziehen, doch noch etwas älter zu werden. Und wenig später hagelt es dann Einladungen zu fünfzigsten Geburtstagen.

Das Komische ist: Man wird älter, aber man merkt es nicht. Man wacht nicht morgens auf, sieht in den Spiegel, und plötzlich ist man alt. Altern geschieht vergleichsweise langsam, deshalb nimmt man es nicht wahr, verdrängt es, vergisst es.

Noch immer spaziere ich in Kaufhäusern und Bekleidungsgeschäften schnurstracks in die Abteilung »Junge Mode«, und es dauert jedes Mal eine Weile, bis mir klar wird, dass ich da eigentlich nichts mehr zu suchen habe.

Dann habe ich meistens schon irgendein witziges Teil gefunden und frage mich ratlos, ob ich das denn jetzt nicht mehr tragen darf, weil ich bereits in einem Alter bin, in dem man eigentlich dezente Kostüme und Schuhe mit Einlagen trägt. An guten Tagen pfeif ich drauf und kaufe es trotzdem. An schlechten schleiche ich geduckt aus dem Laden und weiß nicht mehr genau, wer ich eigentlich bin.

Reifere Damen! Bin ich für die kichernden Teenies da drüben wirklich schon eine von denen? Mache ich mich lächerlich mit meinen ausgestellten Jeans, den Turnschuhen und dem knappen, bunten T-Shirt? Gibt es wirklich so was wie »altersgerechte Kleidung«, oder darf ich einfach anziehen, was mir gefällt, auch wenn es so ziemlich das Gleiche ist wie das, was meine Tochter trägt? Ich bin schlanker als viele Sechzehnjährige, warum dürfen die ihren Pubertätsspeck ausstellen, und ich soll kein bauchfreies Top mehr tragen dürfen?

Wenn ich meine Freundinnen betrachte, entdecke ich übrigens auch keine, die aussieht wie eine reifere Dame, obwohl einige die fünfzig schon überschritten haben. Es sind allesamt attraktive, lustige, lebendige und kluge Frauen, die um Jahre jünger aussehen, als sie sind.

Vielleicht beginnen reifere Damen ja viel später, so mit sechzig, siebzig ungefähr? Und alt ist man vielleicht sogar erst mit achtzig oder neunzig? Das klingt doch schon viel besser!

Ich glaube, wir altern heutzutage anders als früher. Noch vor zwei, drei Generationen war eine Fünfzigjährige wirklich alt. Die Kinder waren erwachsen, einen Beruf hatten die meisten Frauen nicht, der Ehemann war viel außer Haus, das Leben war vorbei.

Heute kriegen Frauen mit Anfang vierzig noch Kinder, sie haben interessante Berufe, Freunde, ein anregendes und aufregendes Leben – oder doch zumindest die Möglichkeit dazu. Viele fangen nach einer Trennung oder Scheidung wieder neu an, oft mit einem neuen Partner. Sich jenseits der vierzig oder fünfzig noch mal zu verlieben ist nicht – wie früher – außerhalb jeder Vorstellungskraft, lächerlich und peinlich. Nein, es ist völlig normal. Ist das nicht wunderbar?

Neulich war ich bei einem Konzert der »Rolling Stones«. Was der über sechzigjährige Mick Jagger da auf der Bühne abgezogen hat, machen ihm viele Zwanzigjährige nicht nach! Fast zwei Stunden war er ununterbrochen in Bewegung; lief, sprang, hampelte und zappelte herum, der Hüftschwung so geschmeidig wie ehedem, die Körperhaltung eine einzige Herausforderung, die Stimme unverändert, ein bisschen vulgär und unverschämt sinnlich. Mann, ist der Kerl sexy! Wenn es solche Sechzigjährigen gibt, besteht Hoffnung.

Vielleicht sind ja sogar ein paar unter ihnen, die sich auch für Frauen interessieren, die schon volljährig sind.

Die anderen, diese infantilen Burschen, deren Freundinnen immer jünger werden, je mehr Falten sie selbst kriegen, wollen wir sowieso nicht. Die haben so spannende, reife, attraktive und erotische Frauen wie uns gar nicht verdient!

Glücklich sein – leicht gemacht!

Der Mensch will immer alles ganz genau wissen, deshalb erforscht er das Universum, die Welt und am liebsten sich selbst. Außerdem strebt er danach, glücklich zu sein. Was also liegt näher, als die Natur des Glücks zu erforschen und endlich rauszukriegen, wie wir alle so richtig happy werden können? Das haben sich auch ein paar clevere Wissenschaftler gedacht und die Glücksforschung erfunden. Die ergründet, ob Geld glücklich macht, ob Südamerikaner glücklicher sind als Europäer und ob eine Mitgliedschaft im Kegelclub das Glücksempfinden steigert.

Der Zusammenhang zwischen Glück und Geld, zum Beispiel, beschäftigt uns Menschen schon lange, zumindest so lange, wie es das Lotteriespiel gibt. Leider haben die Glücksforscher herausgefunden, dass die beglückende Wirkung des Geldsegens nicht lange anhält. Der anfangs überglückliche Lottogewinner fühlt sich in erstaunlich kurzer Zeit wieder so wie vor dem großen Geld. Schlimmer noch: Die Angst vor dem Verlust des neuen Reichtums vergällt manchem Lottogewinner das Leben und macht ihn unzufriedener als vorher. Was auf den Einzelnen zutrifft, stimmt auch für die Allgemeinheit: Die Deutschen sind in den letzten fünfzig Jahren ständig reicher geworden – aber kein bisschen glücklicher. Mexikaner hingegen sind von Natur aus gut drauf, daran ändert auch ihre chronisch schlechte Wirtschaftslage nichts. Interessant ist, wie die Forscher persönliche Glücksgefühle in harte Währung umrechnen: Eine gute Ehe steigert unsere Lebenszufriedenheit so wie eine Gehaltserhöhung um 100 000 Euro pro Jahr. Komischerweise schlägt eine Scheidung nur mit einem persönlichen Verlustgefühl von 23 000 Euro zu Buche.

Forschungen dieser Art untermauern Vorurteile, die wir schon immer gepflegt haben (der arme, aber fröhliche Südländer – der wohlhabende, aber unzufriedene Westeuropäer), warten aber auch mit Überraschungen auf: Besondere Lebenskünstler scheinen demnach die Dänen zu sein – sie haben eine kürzere Lebenserwartung als der Durchschnittseuropäer, sie trinken mehr und nehmen mehr Drogen, trotzdem fühlen sie sich gesünder und sind fröhlicher als die Deutschen: Siebzig Prozent der Dänen bezeichnen sich als »ausgesprochen glücklich«, während achtzig Prozent der Deutschen mit ihrem Leben nur »einigermaßen zufrieden« sind. Der Schluss liegt nahe, dass wir mehr trinken und hie und da einen Joint durchziehen sollten, aber die Glücksforscher widersprechen: Die Dänen seien nicht deshalb so lustig, weil sie ständig bedröhnt sind, sondern weil sie so großes Vertrauen ins Leben und in ihre Mitmenschen setzen. Das Grundgefühl »Wird schon gut gehen« scheint es zu sein, das die Menschen glücklich macht. Harte Erkenntnis für uns Deutsche, die wir eher zum defätistischen »Wird wahrscheinlich schief gehen« neigen. Sogar die Engländer, die Prince Charles und Camilla, eine höhere Arbeitslosigkeit und schlechteres Wetter haben, so schreckliche Dinge wie Plumpudding oder Fish and Chips essen müssen und angeblich mit sehr viel hässlichen Frauen leben müssen, sind deutlich besser drauf als wir: Jeder Dritte von ihnen ist happy, bei uns nur jeder Fünfte. Müssen echte Optimisten sein, diese Engländer, aber was bleibt ihnen – siehe oben – anderes übrig?

Ach ja, der Kegelclub. Auch wenn die Erkenntnis schmerzt: Er macht die Menschen glücklich. Kann auch die freiwillige Feuerwehr sein, das Damenlesekränzchen oder die Joggergruppe. Der Mensch ist ein geselliges Wesen, das gerne Seinesgleichen um sich hat. Deshalb bekommt er auch Kinder, die das Lebensgefühl ebenfalls steigern (um welchen Eurobetrag, war leider nicht rauszufinden). Und der liebe Gott bringt's auch. Gläubige Menschen sind glücklicher als Agnostiker.

Fassen wir also zusammen: Wenn Sie glücklich sein wollen, sollten Sie als verheirateter Engländer oder Mexikaner in Dänemark leben, ein gutes, aber nicht übertrieben hohes Einkommen und zwei oder drei Kinder haben, lieber nicht im Lotto gewinnen, Mitglied in einem Verein sein, sonntags zur Kirche gehen und ausreichend Alkohol trinken.

Na bitte, so einfach ist das mit dem Glück! Und jetzt Schluss mit dem ewigen Gemecker, klar?

Es gibt wenig, wovor ich keine Angst habe. Zum Beispiel fürchte ich mich vor Flugzeugabstürzen, plötzlich auftretenden Seuchen, dem Alleinsein und dem Sterben. Die Lektüre der Morgenzeitung löst düsterste Phantasien über abstürzende Meteoriten, marodierende Serienmörder und tollwutkranke Füchse bei mir aus. Das Einzige, was mich halbwegs beruhigen und mir die Angst nehmen kann, ist eine Statistik, aus der hervorgeht, wie gering die Wahrscheinlichkeit für das von mir befürchtete Unglück ist.

Statistiken haben so was Wissenschaftliches, irgendwie Überzeugendes, das stärker ist als meine irrationalen Ängste. Leider können Statistiken aber auch sehr dehnbar ausgelegt werden, und darin liegt wieder ein Problem.

Wenn ich also in einen Flieger steige, denke ich unablässig daran, dass die statistische Wahrscheinlichkeit, heil den Zielort zu erreichen, bei 99,99 Prozent liegt.

Klingt ungemein beruhigend, bei näherem Nachrechnen bin ich aber schon deutlich weniger entspannt: Das heißt zwar, dass ich – zum Beispiel – 10 000-mal fliegen kann, bevor ich einmal abstürze.

Aber woher weiß das abstürzende Flugzeug, dass es erst mein zehnter Flug ist und ich mit den anderen 9990 Freiflügen jetzt nichts mehr anfangen kann?

Wenn man dann noch berücksichtigt, dass die Wahrscheinlichkeit, einen Sechser im Lotto zu tippen, bei 1 zu 13,9 Millionen liegt, wird das Fliegen wirklich zum unkalkulierbaren Risiko.

Für die Optimisten, die das Lottospielen trotzdem nicht lassen können, gibt's übrigens noch eine schlechte Nachricht: Die Wahrscheinlichkeit eines Sechsers ist immer gleich, egal, welche Zahlenfolge angekreuzt wird. Omas Geburtstag, kombiniert mit dem Datum des ersten Treffens mit Karl-Heinz haben die absolut gleiche Gewinnchance wie die simple Zahlenfolge 1, 2, 3, 4, 5, 6. Ernüchternd, was?

In anderen Disziplinen sind die Chancen auf einen Treffer weit größer, so zum Beispiel beim fröhlichen Scheidungsspiel. Da reicht es, wenn man bis drei zählen kann: Jede dritte Ehe wird geschieden. Das ist angesichts der Tatsache, dass es schwierig ist, einen passenden Mann zu finden, alarmierend.

Die Chance dafür ist, wenn man in New York lebt und über dreißig ist, ungefähr ebenso hoch wie die Wahrscheinlichkeit, vom Blitz erschlagen zu werden, also grob gerechnet bei 1 zu 36 Millionen. Ist man unter dreißig und lebt in Hamburg, steigt die Chance geringfügig an, aber genau betrachtet sollte man einen Kerl nicht leichtfertig zum Teufel schicken, wenn er nicht gerade polymorph pervers, ein Kleptomane oder ein notorischer Fremdgeher ist. Die Suche nach einem Neuen kann sich zeitaufwändig und kostspielig gestalten: Eine Untersuchung der Erfolgsquote von Heiratsanzeigen hat ergeben, dass man auf 100 Anzeigen antworten oder selbst zehn Anzeigen schalten muss, um auf nur einen halbwegs diskutablen Kandidaten zu treffen, vor dem man nicht schon bei der ersten Verabredung schreiend wegläuft. Bei Anzeigen, die nichts gekostet haben, ist die Erfolgsquote übrigens noch deutlich geringer.

Bevor man also den richtigen Mann findet, hat man entschieden bessere Aussichten, von einem Auto überfahren zu werden: Einer von 130 Bundesbürgern stirbt bei einem Verkehrsunfall. Das bestätigt leider den alten Spruch, das Gefährlichste am Fliegen sei die Autofahrt zum Flughafen.

Da hilft es, wenn man sich ein paar der Horrorszenarien der letzten Jahre noch mal in Erinnerung ruft und auf nüchterne Statistik reduziert. Nehmen wir BSE: Überall herrschte Riesenpanik, reihenweise wurden vegetarische Restaurants eröffnet und Kleinkinder vom Verzehr von gelatinehaltigen Gummibärchen abgehalten. Faktisch gibt es 88 BSE-Tote pro Jahr – das sind ebenso viele, wie nach dem Verzehr von Lampenöl umkommen. Wenn man den Geschmack von Lampenöl mit dem eines saftigen Steaks vergleicht, fällt die Entscheidung, woran man sterben möchte, dann auch gar nicht schwer.

Tröstlich auch, dass der von den Boulevardzeitungen vor zwei Jahren ausgemachte »Asteroid auf Kollisionskurs« während der nächsten sechshunderttausend Jahre zweihundertfünfzigtausendmal das innere Sonnensystem kreuzen kann, bevor er einmal mit unserer Erde zusammenkracht.

Wenigstens darüber muss ich mir – statistisch gesehen – also keine Sorgen mehr machen. Oder doch? Aus dieser schönen Rechnung geht nämlich leider nicht hervor, wann innerhalb der sechshunderttausend Jahre dieses eine Mal sein wird. Vielleicht doch schon morgen?

Ich will einfach nur telefonieren!

Vor kurzem habe ich meinen Mobilfunk-Anbieter gewechselt, einen neuen Zweijahresvertrag abgeschlossen und will mir nun das versprochene Gratishandy abholen. Klingt nicht so, als könnte man dabei besonders viel falsch machen. Leider ein Irrtum.

Bei meinem ersten Besuch in der Filiale meines neuen Anbieters heißt es, ich sei zu früh dran, obwohl ich eine Benachrichtigung erhalten habe: Mein Handy liege zur Abholung bereit. Diese Mitteilung interessiert dort aber niemanden. Ich werde gebeten, wiederzukommen, wenn meine SIM-Karte aktiviert ist. Bei meinem zweiten Besuch (ich muss, wohlgemerkt, jedes Mal vierzig Kilometer von meinem Wohnort nach München fahren) nimmt sich einer dieser smarten, jungen Verkäufer, die so kompetent mit technischen Begriffen um sich werfen, dass man sich sofort wie der letzte Trottel fühlt, meiner an. Es entspinnt sich folgender Dialog:

Ich: »Ich möchte mein neues Gratishandy abholen.«
Er: »Da haben wir jetzt ein ganz neues UMTS-Handy, damit können Sie in sechsfacher Geschwindigkeit Daten übertragen, Video-Telefonieren, Fernsehen,

Musik herunterladen und in unserem Internet-Portal surfen.«

Ich: »Ich will eigentlich nur telefonieren.«

Er: »Das ist ein Top-Angebot, und sehen Sie mal, die Geräte sind kaum größer und schwerer als die alten.«

Ich: »Aber ...«

Er: »Dazu kriegen Sie für nur 6 Euro im Monat ohne Anschlussgebühr eine Partnerkarte mit 20 Freiminuten für jemanden aus der Familie oder für Ihr altes Handy.«

Ich: »Die brauche ich überhaupt nicht! Und zwei Handys brauche ich auch nicht!«

Er: »Also, dann nehmen Sie jetzt das UMTS-Handy?«

Ich: »Eigentlich wollte ich gerne einfach nur ein ganz normales Gratishandy.«

Er: »Aber die UMTS-Technologie ist total auf dem Vormarsch, die anderen Handys gibt's bald gar nicht mehr.«

Ich (verunsichert und besorgt, den technischen Anschluss zu verpassen): »Ach, so. Ja, also, was würde mich das denn kosten?«

Er (tippt auf seinem Computer herum): »Das kann ich Ihnen jetzt nicht sagen. Können Sie später noch mal wiederkommen?«

Ich (leicht genervt): »Klar, ist ja dann erst das dritte Mal.«

Zwei Stunden später betrete ich den Laden wieder, der Verkäufer hat nicht etwa die Zwischenzeit genutzt, um den Tarif zu erfragen, sondern beginnt damit jetzt erst, was meinen Besuch auf eine Dreiviertelstunde ausdehnt. Endlich kommt er strahlend zu mir.

Er: »Sie erhalten das Handy für 39,90 Euro!«

Ich (allmählich ziemlich erschöpft): »Na ja, das ist ja relativ günstig. Aber, eigentlich brauche ich die ganzen Sachen doch gar nicht. Könnte ich nicht vielleicht doch …?«

Der Verkäufer hat schon begonnen, irgendwelche Papiere auszufüllen.

Langsam bricht mir der Schweiß aus, ich bin fix und fertig und will nur noch raus aus diesem verdammten Telefon-Shop.

Er (schiebt mir das Papier zum Unterschreiben hin): »Das sind dann also 5 Euro im Monat für das UMTS-Paket.«

Bis seine Worte in mein Bewusstsein eingesickert sind, habe ich schon unterschrieben.

Ich: »Waaaaas? Und wie lange muss ich diese 5 Euro im Monat zahlen?«

Er: »24 Monate.«

Ich rechne nach. 40 Euro fürs Telefon, 24 mal 5 sind 120 Euro fürs UMTS-Paket, macht 160 Euro für ein Handy, das lauter Sachen kann, die mich überhaupt nicht interessieren.

Ich (Haare raufend): »ICH WILL ABER DOCH EINFACH NUR TELEFONIEREN!«

Der Verkäufer zuckt gelangweilt die Schultern.

Ich verlasse den Laden, fassungslos über meine eigene Blödheit. Immerhin – tröste ich mich –, die Partnerkarte für 6 Euro im Monat habe ich mir nicht aufschwatzen lassen!

Frauen sind das friedliche Geschlecht: Sie führen keine Kriege, ziehen Kinder groß, sorgen für Nahrung, Zuwendung und Trost. Sie verfügen über emotionale Intelligenz, sind einfühlsam und liebevoll, können gut zuhören, Konflikte lösen, Streit schlichten. In Unternehmen sorgen sie für ein besseres Arbeitsklima, einen höflicheren Umgangston, den gewissen Kuschelfaktor. Frauen sind die besseren Menschen.

Zumindest, solange keine anderen Frauen in der Nähe sind.

Keine Frage, die meisten Frauen unterstützen und helfen einander, sind solidarisch und nett zueinander. Aber es gibt diese Sorte stutenbissiger Weiber, die in jeder Frau eine potenzielle Rivalin sehen, die neidisch sind auf gutes Aussehen, edle Klamotten, beruflichen Erfolg, eine glückliche Beziehung. Die ihre Geschlechtsgenossinnen als permanente Bedrohung empfinden und misstrauisch jedes Weibchen in Augenschein nehmen, das ihr Revier betritt. Der Rücken streckt sich, der Blick wird starr, die Krallen werden unauffällig ausgefahren. In Sekundenschnelle wird die andere abgescannt: Ist sie jünger, schöner, selbstbewusster, wirkt sie intelligenter, kompetenter, souveräner? Exemplare, die als ungefährlich eingestuft werden, fallen sofort durchs Raster und werden fortan ignoriert. Im Falle einer vermeintlichen Bedrohung aber werden die Waffen in Stellung gebracht. Und dann wird geschossen.

Spitze Bemerkungen (»Ich wusste nicht, dass Helmut heute Abend auch seine abgelegten Freundinnen eingeladen hat!«), vergiftete Komplimente (»Tolles Kostüm, lässt Sie richtig schlank wirken!«), scheinheilige Fragen (»Ich habe gehört, Sie schreiben, kann man davon denn leben?«), scheinbar lustig gemeinte Bemerkungen über Dritte (»Die Maja schaut zehn Jahre jünger aus als letztes Jahr. Muss den Friseur gewechselt haben!«).

Diese Frauen sind wirklich mühsam! Immer müssen sie im Mittelpunkt stehen, bewundert werden, Beifall einheimsen. Trifft man sie nur auf Partys, kann man einmal gezielt zurückschießen und sie danach stehen lassen. Muss man mit ihnen zusammenarbeiten, wird es schon schwieriger. Die meisten Zicken sind nämlich obendrein gerissene Intrigantinnen. Rennen zum Vorgesetzten und heucheln Mitleid mit einer Kollegin, die ein krankes Kind zu Hause hat: »Sie hat mir immer schon einen überforderten Eindruck gemacht, aber wie sie es mit dieser Belastung noch schaffen soll, weiß ich wirklich nicht!« Oder sie geben sich scheinbar leutselig: »Wirklich toll, wie die Kollegin Fischer diesen Auftrag hingekriegt hat, wenn man bedenkt, dass sie die meiste Zeit gar nicht im Büro ist!«

Ich habe zum Glück in meinem Leben nur wenige Zicken kennen gelernt (oder hab vielleicht nicht gemerkt, dass es welche waren, weil ich von Natur aus gutgläubig bis zur Blödheit bin). Aber einmal ist sogar mir aufgefallen, dass ich's mit einer zu tun hatte: Ich moderierte damals mit einem Kollegen zusammen die erste bundesweite Talkshow »Live aus der alten Oper«, und ein bekanntes Nachrichtenmagazin wollte eine Geschichte über uns bringen. Die Journalistin (lange Haare, lange Beine, kurzer Rock) führte ein Interview mit uns und gab sich ausgesprochen freundlich. Später las ich in ihrem Artikel, wie wunderbar und kompetent mein Kollege, wie dämlich und unfähig hingegen ich sei, und wie völlig unverständlich es wäre, dass ausgerechnet ich diese Sendung moderierte. Soll ich ihnen verraten, wer sich wenig später um meinen Job bewarb? Bingo. Übrigens hat sie ihn nicht bekommen.

Meine Erfahrung ist, dass es Zicken relativ weit bringen können, aber irgendwann ins Straucheln geraten. Um wirklich was zu werden, bedarf es sozialer Kompetenz, und über die verfügen Zicken nicht. Spätestens, wenn sie in das Alter kommen, in dem lange Haare und kurze Röcke nur noch lächerlich wirken, müssen sie lernen, dass man sich besser nicht nur auf die Männer verlässt. Denn die schauen längst schon anderen langen Beinen in kurzen Röcken hinterher.

Leben auf Knopfdruck

Ist es nicht herrlich, dass unser Alltag in den letzten Jahrzehnten immer leichter geworden ist? Niemand muss mehr eine Volksmusiksendung länger als zwei Sekunden ertragen, die Lautstärke der Stereoanlage stellt sich wie von Geisterhand zurück, das Auto entriegelt sich selbst – alles auf Knopfdruck.

Erinnern Sie sich noch an die Zeit, als man am Telefon die Wählscheibe drehte? Ist gerade mal zwanzig Jahre her und kommt uns vor, als wär's in der Steinzeit gewesen. Heute tippen wir auf Tasten, das Telefon wählt automatisch, wir erhalten Informationen über den Zugverkehr oder das Wetter in Timbuktu, versenden Nachrichten und ändern aus der Ferne den Ansagetext auf unserer Mailbox.

Aber das ist längst nicht alles: Bereits jetzt kann man die gesamte Technik eines Hauses fernsteuern, ganz einfach per Internet. Man sitzt im Büro und schaltet daheim die Heizung an, schließt die Rollläden, aktiviert die Alarmanlage, programmiert den Fernsehkrimi, erhitzt das Fertigmenü, sorgt für angenehme Beleuchtung. Die Pflanzen werden gewässert, die Markise fährt ein, wenn Regen droht, die Heizungsanlage bestellt bei Bedarf selbsttätig Öl nach.

Der Kühlschrank versendet auf unseren Befehl hin eine Lebensmittel-Bestellung an den Supermarkt, auf seinem in die Tür integrierten Bildschirm hinterlassen wir eine Nachricht an die Kinder. Beim Heimkommen entfällt das lästige Suchen nach dem Hausschlüssel, die Tür öffnet sich automatisch, weil die Videoanlage schon am Gartentor unser Gesicht gescannt und als bekannt eingestuft hat.

In nicht allzu ferner Zukunft werden wir nur noch im bequemen Sessel sitzen, vor uns einen Computer, und unser Leben steuern, ohne uns auch nur einmal erheben zu müssen (na ja, aufs Klo gehen wir noch selbst). Man stelle sich vor, wie unser Tag aussehen wird: Zack, die Kaffeemaschine legt los, das Licht im Kinderzimmer geht an, die Radionachrichten schalten sich ein, der Backofen bäckt von allein die Brötchen auf. Blöd, die Zeitung hat noch kein Empfangsteil für die Fernbedienung – vielleicht können wir ja den Hund programmieren? Ein Chip ins Halsband, und schon geht's los!

Kleinere Pannen bleiben natürlich nicht aus; Sohnemann hat den Pincode seines elektronischen Schulranzenschlosses vergessen, Töchterchen den Stundenplan auf ihrem Organizer gelöscht. Die verlorene Regenjacke reagiert leider nicht auf die Fernbedienung, aber demnächst gibt es Satellitenortung für Kinderklamotten, mit automatischem Rücktransport-Service.

Im Büro angekommen bestellen wir per E-Mail unseren Kaffee und später das Mittagessen, beides kommt in einem kleinen Aufzug aus der Kantine nach oben gesaust. Den Telefonklatsch mit der Freundin führen wir per Video-Konferenz, auf die Weise können wir gleich ihre neuen Ohrringe begutachten. Und natürlich versuchen wir unablässig, per Fernsteuerung auf unsere Mitmenschen einzuwirken: Die Kinder kriegen per SMS die Aufforderung zum Klavierüben und Katzefüttern, der Ehemann wird per E-Mail an die abendliche Einladung erinnert.

Am liebsten wäre uns, die anderen würden funktionieren wie im Computerspiel »Die Sims«, in dem die Figuren per Mausclick nach unseren Wünschen handeln. Essen, trinken, arbeiten, schlafen – alle machen, was wir wollen und wann wir es wollen. Kann doch wohl nicht mehr so lange dauern, bis die Technik das hinkriegt!

So freue ich mich schon auf den Tag, an dem Kinder auf Knopfdruck ihre Zimmer aufräumen, Lateinvokabeln repetieren oder zu streiten aufhören. Auch manchen Gesprächspartner möchte man ja gern ausschalten wie ein schlechtes Fernsehprogramm, wenigstens ein Ton-weg-Knopf wäre schön. Beim Autofahren zuckt meine Hand nach der Delete-Taste, wenn vor mir mal wieder einer den Rekord im Langsamfahren aufstellen will, bei Elternabenden wünsche ich mir oft den Knopf zum Vorspulen.

Die Welt als Wille und Vorstellung, Schopenhauer lässt grüßen. Fragt sich nur, was wir tun, wenn wir zu viel gelöscht, begradigt, geregelt haben, wenn's um uns ganz ruhig und langweilig geworden ist?

Ich bin ein Sumo-Ringer

Ich weiß, was es heißt, dick zu sein. Zwar wog ich nie mehr als 57 Kilo, aber lange fühlte ich mich, als wären es hundert. Es begann, als ich so zwölf, dreizehn war und anfing, mich für mein Aussehen und meine Wirkung auf andere Menschen (vornehmlich männlichen Geschlechts) zu interessieren. Im Spiegel sah ich ein normalgewichtiges Mädchen, aber mein »inneres Selbst« war eine dicke, unförmige Plunze, daran konnte nichts und niemand etwas ändern, weder meine ersten Erfolge bei Jungs noch das Studium einschlägiger Größe-Gewichts-Tabellen. Ich war und blieb eine »Gefühls-Dicke«.

Wie viele Dicke kleidete ich mich in unförmige, sackartige Gewänder und versuchte nach Möglichkeit, meinen ungeliebten Körper zu verstecken. Ich hasste den Turnunterricht, Besuche im Freibad und alle sonstigen Gelegenheiten, bei denen ich mich vor anderen ausziehen sollte. Petting ging nur im Dunkeln; ich fürchtete, die Jungs könnten sich angewidert abwenden, wenn sie mich bei Licht sähen.

Erwachsene hatten nicht das geringste Verständnis für meine Nöte. Meine Mutter lobte meine angeblich so schmale Taille, während ich nur meine gewaltigen

Oberschenkel sah, die wie ionische Säulen aus der Bikinihose wuchsen. Miniröcke, Hot Pants und Shorts gehörten zu den absoluten »no gos«; neidisch blickte ich auf Mädchen mit langen, klapperdürren Beinen, die giraffenartig durchs Leben staksten und den Überblick hatten.

Diese Überzeugung, zu den Dicken zu gehören, hielt an, bis ich schwanger wurde. Ungefähr ab dem achten Monat hatte ich endlich das Gefühl, mein äußeres Bild und mein inneres Selbst stimmten überein. Ich fühlte mich dick, ich war dick, und alles war in Ordnung.

In dieser Zeit entdeckte ich meine Leidenschaft fürs Sumoringen. Ich konnte gar nicht genug kriegen vom Anblick der gigantischen Fettberge, die zu Beginn eines Kampfes wie gefährliche Urtiere einander gegenüberhocken, sich drohend hin und her wiegen, nach undurchschaubaren Regeln mit Reis um sich werfen, schließlich aufeinander prallen und schnaufend und grunzend versuchen, sich gegenseitig aus dem Ring zu stoßen, begleitet vom aufgeregten Keckern des japanischen Kommentators. Eine merkwürdige Faszination geht von diesen Wesen aus; sie sind keine richtigen Männer, eher zu groß geratene Babys, monströs und rührend zugleich, und doch behände und von erstaunlicher Eleganz.

Völlig begeistert war ich von einem Film über Sumo-Ringerinnen, den ich zufällig sah: lauter Frauen, die so aussahen, wie ich mich immer gefühlt hatte, und die stolz waren auf ihren Körper, anstatt ihn zu verstecken. Sie versöhnten mich mit der dicken Frau in mir.

Nach den Schwangerschaften veränderte sich meine Selbstwahrnehmung: Heute fühle ich mich so, wie ich aussehe; die dicke Frau in mir ist verschwunden. Aber ich habe immer noch ein fast zärtliches Gefühl für Dicke, weil ich so lange zu ihnen gehört habe. Und Sumo-Ringerinnen finde ich immer noch toll. Vielleicht war ich in meinem früheren Leben ja mal eine.

Von Müttern und Monstern

Mütter sind im Trend. Wir lesen Artikel über die »Glamour«-Mütter (Madonna, Beckham, Schiffer, Klum, Paltrow), wir erfahren, dass die jungen Mütter von heute sich den Spaß am Mutter-Sein nicht verderben lassen, wir sehen Mode für werdende und gewordene Mütter und Fragebögen mit Titeln wie: Sind Sie noch Mutter oder schon wieder Frau?

Überall wird darüber diskutiert, was Mütter leisten sollen, was eine gute Mutter ist und welche Fehler Mütter machen können. Ob sie zu Hause bleiben und sich ausschließlich um Haushalt und Nachwuchs kümmern, ob sie berufstätig sind (egal, ob zur Selbstverwirklichung oder zum Erwerb des Lebensunterhalts), eines ist klar: Was immer sie machen, sie machen es falsch.

Vollzeit-Mütter werden als trutschige Muttermonster dargestellt, die ihre Brut mit ständigem Geglucke reif für den Psychotherapeuten machen, und berufstätige Mütter sind herzlose Rabenmütter, die das Wohl ihrer Kinder ehrgeizigem Karrierestreben opfern. Der Kinderwunsch an sich ist schon verdächtig, denn welcher denkende Mensch kann guten Gewissens in diese Welt Kinder setzen wollen? Und sogar Frauen, die gar keine Mütter sind oder werden wollen, machen es falsch: Sie verweigern der Gesellschaft egoistisch die ach so dringend benötigten Rentenzahler. Dass viele von ihnen vielleicht gerne Kinder hätten, aus den verschiedensten Gründen aber keine kriegen können, wird als mildernder Umstand nicht anerkannt.

Mütter tragen in den Augen der Gesellschaft die Verantwortung für alles. Für die Gesundheit (»Sie geben Ihrem Kind Fertignahrung? Wie können Sie nur!«). Für die Schulleistungen (»Ihre Tochter ist schlecht in Mathe? Dann müssen Sie eben jeden Tag zwei Stunden mit ihr lernen!«). Für das Sozialverhalten (»Ihr Kind ist aggressiv? Nun ja, Sie sind ja auch alleinerziehend!«) und für das spätere Lebensglück (»Ihr Sohn ist schwul? Kein Wunder, bei dieser dominanten Mutter!«).

Trotz größtmöglicher Verantwortung unterstellt man den Müttern von heute größtmögliche Inkompetenz. Wie sonst erklärt sich die Flut von Ratgebern, die zum Thema Mutter-Sein den Markt überschwemmt? Von der glücklichen Schwangerschaft übers richtige Gebären zum erfolgreichen Stillen, von der Vollwerternährung über Baby-Yoga bis zur Frage, wie Mütter es schaffen, dass ihre Kinder sie nicht schaffen – kein Themenfeld rund um die Mutterschaft, das nicht von selbst ernannten Experten beackert würde.

Heute Mutter zu sein bedeutet vor allem: Termindruck (kinderärztliche Untersuchungen 1–8, musikalische Früherziehung, Spielgruppe, Lerntherapie, kieferorthopädische Behandlung, Sportverein, Ballett, Klavierstunde …) und Schuldgefühle (koche ich gesund, verbringe ich genügend quality time mit meinem Kind, fördere ich es richtig, wird es von seiner Schule ausreichend auf den Existenzkampf vorbereitet, hat es genügend soziale Kontakte, ist es vielleicht doch hochbegabt/übermotorisch/unterfordert, leidet es an ADS, ADHS, Legasthenie oder Dyskalkulie …?).

Manchmal fragt man sich, wie unsere Mütter uns überhaupt groß gekriegt haben, ohne die Unterstützung der deutschen Still-Liga, ohne die Elternbriefe vom Jugendamt, ohne biologisch einwandfreie Bionahrung und ohne TÜV-geprüfte Kindersitze im Auto.

Bei dem Gedanken, dass sie in ihrer Ahnungslosigkeit auf uns bedauernswerte Versuchskarnickel losgelassen wurden, dass sie ohne Ratgeberbibliothek die schier unlösbare Aufgabe bewältigt haben, ein Baby aufzuziehen und zu pflegen, es durch Kindergarten- und Schulzeit zu bringen und zu einem halbwegs brauchbaren Erwachsenen zu machen, lässt uns mit offenem Mund staunen.

Da muss doch irgendwas sein, was alle Mütter seit Anbeginn der Menschheit in sich tragen, so etwas wie … ja, nennen wir es: Instinkt. Ein inneres Gefühl, das uns sagt, was zu tun ist, wenn das Baby schreit. Das uns fühlen lässt, was ihm gut tut. Das uns über all die Momente hinweghilft, in denen keiner mit wissenschaftlich geprüftem Rat neben uns steht und sagt, was richtig ist. Wir sollten aufhören, uns einreden zu lassen, Mutter zu sein sei so ungefähr das Komplizierteste, was es in diesem Leben gibt, und alle anderen wüssten besser als wir, wie es funktioniert. Denn wenn unser Instinkt erst verkümmert ist, hilft uns auch das schlaueste Buch nicht mehr.

Also: Ich war schon in Kanada, Amerika, Vietnam, Italien, Russland, Griechenland, Portugal und ein paar anderen europäischen Ländern, außerdem war ich auf Mauritius. In Mecklenburg-Vorpommern war ich noch nicht. Auch noch nicht in Brandenburg. Und wenn ich nicht seit ein paar Jahren mit meinen Büchern auf Lesereise ginge, würde ich vermutlich noch nicht mal Niedersachsen und das Saarland kennen.

Ich bin mit Spaghetti, Döner, Schweinefleisch süßsauer und Sushi aufgewachsen, aber noch nie habe ich eine echte Thüringer Bratwurst gegessen. Meine Generation wuchs in die Zeit des Wirtschaftswunders hinein, in der alles schick war, was exotisch daherkam. Toast Hawaii und Peking-Ente symbolisierten die Sehnsucht nach Ferne und Abenteuer unserer Eltern, während sie das Land wieder aufbauten.

In der Schule gaben wir mit den Ferienzielen an, zu denen wir im Familienurlaub reisten – Italien musste es mindestens sein, Griechenland war schon besser, die Kanarischen Inseln waren fast schon Afrika und damit Platz 1 auf der 60er-Jahre-Exotik-Skala. Mit einer Radtour durch Bayern oder einer Fahrt zur oberschwäbischen Barockstraße hätten wir uns blamiert bis auf die Knochen. Urlaub im eigenen Land war was für Rentner und Spießer, niemals, auch nicht als junge Erwachsene, wären wir auf diesen Gedanken gekommen. Nein, Urlaub, das hieß: fort, weg, so weit wie möglich. Und da uns der Osten verschlossen war (oder nur unter Schwierigkeiten zu bereisen), zog es uns eben nach Süden und Südosten. Ins südliche Europa zuerst, dann in den Orient, später nach Asien.

Und natürlich in den Westen. Amerika, zur Zeit des Vietnam-Krieges noch kritisch beäugt, wurde bald zum Traumziel. Go west war die Devise, mitten hinein ins Marlboro-Country mit seinen einfach gestrickten, aber herzlichen Bewohnern und der fantastischen Natur. Am Morgen meines 21. Geburtstages erwachte ich am Rand des Grand Canyon (wo ich verbotenerweise die Nacht im Auto geschlafen hatte), und der Anblick der in rosarote Morgensonne getauchten Felslandschaft schien mir gerade angemessen für diesen Tag. Hätte ich da vielleicht mit dem Schwarzwald vorlieb nehmen sollen?

Nach Norden, nach Skandinavien, fuhren nur die Eigenbrötler. Schnaken, schlechtes Wetter und schlechtes Essen hatten wir schließlich auch zu Hause. Dort schien es so ähnlich zu sein wie bei uns, und was wir suchten, war ja das Fremde und Andersartige, je andersartiger, desto besser. Erst, wenn aus Häusern palmgedeckte Hütten geworden waren, wenn wir nicht mehr identifizieren konnten, was auf dem Teller lag, und kein Wort der Landessprache verstanden, waren wir halbwegs zufrieden.

Als wir Kinder bekamen, war es erst mal vorbei mit den Fernreisen. Zu teuer, zu stressig, zu gefährlich.

Schließlich will man sich in den Ferien ja erholen. Und schon findet man sich zwischen Hühnern und Kühen auf einem bayerischen oder schleswig-holsteinischen Bauernhof wieder, oder, wenn die Kinder größer sind, auf einer Radtour durchs Salzburger Land. Auch ich habe letztes Jahr zum ersten Mal mit meiner Familie Sommerurlaub in Österreich gemacht, und was soll ich Ihnen sagen? Es war super! Eine kurze, stressfreie Anfahrt, wunderbares Wetter, schönste Natur, gutes Essen, moderate Preise. Und die Kinder fanden es auch toll. Die wollen nämlich gar nicht weit weg. Die wollen da hin, wo es fast so ist wie zu Hause. Das verbindet sie mit den Campern, die zwar an fremde Orte fahren, aber ihr Zuhause immer mit sich herumschleppen. Und mit den Rentnern, die gerne im Ausland Sauerbraten und Schnitzel bestellen. Womit wir wieder beim Urlaub im eigenen Land wären.

Wenn Sie's nicht weitersagen und mich nicht für eine Spießerin halten, dann verrate ich Ihnen, was wir als Nächstes vorhaben: Wir wollen unsere Kinder ins Auto packen und einfach drauflosfahren. Nicht in den Süden, nicht ins Ausland, nicht mal nach Österreich. Nein, wir fahren durch Deutschland. In die Regionen, die wir noch nicht kennen. In Städte, wo wir unsere eigene Geschichte spüren. Und dann werde ich doch wohl endlich eine echte Thüringer Bratwurst kriegen!

Wie heißt es? Die Männer heiraten, um Sex zu haben, die Frauen haben Sex, um geheiratet zu werden. Beides stimmt. Aber leider geht die Rechnung nicht auf. Was die Männer nämlich nicht bedenken, ist, dass Frauen nicht nur heiraten, sondern auch Kinder kriegen wollen. Und sobald die da sind, ist Schluss mit lustig. Dann ist Brutpflege statt Balztanz angesagt, dank einiger ausgeklügelter Gemeinheiten der Natur, die eingebaut sind, um sicherzustellen, dass die Weibchen sich ordentlich um den Nachwuchs kümmern. So schmusen die meisten jungen Mütter lieber mit ihrem Baby als mit ihrem Mann, die intime Zweisamkeit des Stillens ersetzt den ehelichen Sex. Der kleine Schreihals sorgt für schlaflose Nächte und permanente Erschöpfung bei den Müttern, die abends nur einen Wunsch haben: schlafen. Und zwar alleine.

Eigentlich ist es ein Wunder, dass Paare mehr als ein Kind kriegen, denn es gibt kein besseres Verhütungsmittel als ein Baby. Es schreit garantiert immer dann los, wenn man nach Monaten gerade mal wieder den verwegenen Gedanken gefasst hat, miteinander zu schlafen. Und alleine die Möglichkeit, dass es losschreien könnte, schafft eine angespannte Atmosphäre, die ungefähr so erotisch ist wie die Schwiegereltern im Nebenzimmer.

Zu den Statussymbolen unserer Gesellschaft gehört neben Markenklamotten, Urlaub in exotischen Ländern und bestimmten Autotypen auch guter und häufiger Sex. Wer den nicht hat, ist ein armes Schwein, ein echter Loser. Deshalb gibt kein Mann zu, dass er vor sexuellem Frust die Wände raufgehen könnte, weil seine Frau ihn schon seit Wochen nicht ranlässt. Lieber betrügt er sie heimlich. Und weil das auf die Dauer viel bequemer ist, als zu Hause unerquickliche Beziehungsdiskussionen zu führen, hat sich der Seitensprung als bewährter Kitt für Ehen längst etabliert. Sie glauben, ich scherze? Keineswegs. Ich kenne eine Menge Paare, bei denen es so läuft, und dieses Arrangement erhält immerhin vielen Kindern ihr Elternhaus. Komisch ist nur, dass viele Männer plötzlich gar nicht mehr tolerant sind, wenn ihre Frauen sich das gleiche Recht herausnehmen wie sie. Aber das ist eine andere Geschichte.

Komischerweise werden beim Thema Sex sogar Frauen, die sonst äußerst mitteilsam sind, merkwürdig schweigsam. Fragen Sie mal bei Ihren Freundinnen mit Kindern, wie es so um den ehelichen Sex bestellt ist. Die einen werden die Frage als zu intim zurückweisen, die anderen werden so was wie: »Na ja, geht schon«, vor sich hin murmeln, die dritten werden aggressiv fragen »Wieso? Hast du ein Problem?«, woraus Sie schließen können, dass sie eines haben.

Keine Ihrer Freundinnen wird zugeben, dass sie Martin Luthers »in der Woche zwier, schadet weder ihm noch ihr«, für einen schlechten Witz hält, weil sie an vier von fünf Abenden vor dem Fernseher einschläft, bevor das Heute-Journal zu Ende ist – und das trotz der unfassbar blauen Augen des Moderators Claus Kleber. Dass sie die Vorstellung, sich beim neckischen Liebesspiel die Nacht um die Ohren zu hauen, wenn am nächsten Morgen um sechs der Wecker klingelt, für ebenso anregend hält wie eine Partie Halma. Und dass sie die Lifestyle-Magazine zum Teufel wünscht, in denen behauptet wird, statistisch gesehen hätte jeder Bundesbürger 2,5-mal Sex in der Woche. Ihr Mann hält ihr diese Zahl nämlich bei jedem Streit vor, was eigentlich nur zeigt, dass er keine Statistiken lesen kann.

Wenn man bedenkt, dass neu Verliebte in den ersten Wochen kaum aus dem Bett kommen, heißt das ja wohl eindeutig, dass es eine Menge anderer Leute geben muss, die deutlich seltener Sex haben. Und wenn man sich daran erinnert, wie kurz die Phase der akuten Verliebtheit anhält, dann wird einem klar, dass Luther endlich umgedichtet werden muss, um wieder der Wirklichkeit zu entsprechen: »In dem Monat drei-, viermal schadet nicht und ist normal.«

Gab es nicht in unserer Jugend ein paar Todsünden, die wir nie, aber auch gar nie begehen wollten? Die als Symbol für jenes spießige Erwachsenenleben unserer Eltern standen, das wir auf keinen Fall leben wollten?

Geranien auf dem Balkon pflanzen. Samstagabends mit den Nachbarn grillen. Eine deutsche Automarke fahren. In Weiß heiraten. Überhaupt heiraten. Ferien am Wolfgangsee. Nach Verona zur Freilichtaufführung von »Aida«. Eine Lebensversicherung oder einen Bausparvertrag abschließen. Ein Album mit Familienfotos anlegen. Altersgemäße Kleidung tragen. Kindern verbieten, laute Musik zu machen oder zu hören.

Stattdessen wollten wir Marihuana anpflanzen, die Nächte von Samstag auf Sonntag durchtanzen, französische Autos fahren, die ganze Welt bereisen, Aufführungen von Peter Brook und Ariane Mnouchkine sehen, bloß nicht heiraten, unser Geld verprassen statt es anzulegen, uns nach Möglichkeit vor Familienfesten drücken, uns um altersgemäße Kleidung einen Dreck scheren, unseren Kindern ein Schlagzeug und eine Verstärkeranlage für die Gitarre schenken.

Wollen wir doch mal ehrlich sein und unsere Todsünden mit unseren guten Vorsätzen vergleichen. Was dabei rauskommt, ist unser persönlicher »Spießigkeitsfaktor«.

Bei mir zum Beispiel sieht der Spießer-Test so aus:

1) Geranien am Balkon: Fehlanzeige – aber nicht, weil sie mir nicht gefielen, sondern weil ich zu faul bin, welche zu pflanzen. Halber Punkt.
2) Grillen mit den Nachbarn: Aber gern, warum nicht? Ein Punkt.
3) Automarke: Unsere ländliche Wohnlage erfordert zwei Autos; eines ist deutsch, eines italienisch. Halber Punkt.
4) Heiraten: Ja, aber nicht in Weiß. Halber Punkt.
5) Reisen: Letztes Jahr Ferien in Österreich, aber nicht am Wolfgangsee. Halber Punkt.
6) Aida: Noch nicht. Dafür aber auch kaum ein anderes Kulturereignis von Rang, sieht man von einem Konzert der Rolling Stones im letzten Jahr ab. Halber Punkt.
7) und 8) Lebensversicherung, Bausparvertrag: zwei Punkte.
9) Familienalbum: Angefangen, aufgegeben. Halber Punkt.
10) Kleidung: Konsequent nicht altersgemäß. Kein Punkt.
11) Laute Musik: Kinder besitzen Schlagzeug und Verstärkeranlage. Kein Punkt.

Ergebnis: Von elf zu erreichenden Spießerpunkten habe ich sechs erreicht. Das heißt, ich bin bereits zu 55 Prozent die bürgerliche Langweilerin, die ich niemals werden wollte.

»Wir sind alle Helmut Kohl«, bemerkte unlängst lakonisch ein Freund, der sich als junger Mensch viel auf seine unkonventionelle Lebensführung zugute gehalten hat. Tagsüber schlief er, nachts arbeitete er, dabei entstanden brillante Artikel und Bücher übers Kino. Heute macht er mit seiner Familie Sommerferien an einem bayerischen See, und sein wildester Exzess besteht aus drei Weißbier im Biergarten. Und das Schlimmste, sagt er, sei, dass es ihm gefällt. Dass er nicht mal ein schlechtes Gewissen hat oder das Gefühl, etwas zu verpassen.

Sind wir also längst alle zu den angepassten Normalos geworden, zu denen unsere Eltern uns erziehen wollten? Wann ist das bloß passiert, dass wir die Freiheit der Bequemlichkeit geopfert haben? Bei der ersten Gehaltszahlung, beim ersten Kind? Unmerklich hat die Aufmüpfigkeit nachgelassen und einer gewissen Erschöpfung Platz gemacht, jener Erschöpfung, die alle jungen Erwachsenen befällt, wenn sie zwischen Existenzkampf und Familiengründung ihren Platz in der Welt suchen. Und wenn sie ihn gefunden haben, wollen sie sich belohnen für die Anstrengung. Mit Ferien am Wolfgangsee. Einer Fahrt zu »Aida«. Einem schicken Anzug oder einem teuren Kleid, das sich nur Leute ab einem gewissen Alter leisten können.

Aber vielleicht genügt es ja, wenn wir uns unserer Spießigkeit bewusst sind und sie mit Würde zelebrieren. Das hat dann schon wieder Stil!

Gekidnappt!

Oft ist er der erste Mensch, auf den wir in einer fremden Stadt treffen: der Taxifahrer.

Ist er freundlich, so neigen wir dazu, die Stadt gleich sympathisch zu finden, ist er muffig, fühlen wir uns weniger willkommen. Wenn wir Glück haben, ist unser Taxifahrer ein Lokalpatriot, dann erfahren wir auf dem Weg vom Flughafen ins Zentrum mehr als aus jedem Reiseführer. Wenn wir Pech haben, ist unser Chauffeur ein politischer Extremist und erklärt uns, warum die Ausländer raus sollen, weshalb die Bush-Politik genau richtig ist oder dass in jedem Moslem ein Terrorist steckt. Das stürzt uns in einen Konflikt, denn eigentlich sind wir ja aufrechte Menschen und würden den Fahrer am liebsten sofort anhalten lassen und unter Protest aussteigen – andererseits haben wir einen wichtigen Termin, und mitten auf der Autobahn können wir den Mann auch schlecht zum Halten zwingen. Ganz abgesehen davon, dass wir dann zwar politisch korrekt gehandelt hätten, dafür aber mit unserem Gepäck in der Pampa stünden. Den Verirrten zu bekehren, erweist sich ebenfalls als gefährliches Unterfangen, da der Fahrer sich im Eifer des politischen Gefechts ständig zu uns umdreht, was seine

Konzentration auf den Straßenverkehr erheblich einschränkt.

Eine Zeit lang habe ich versucht, solche Situationen zu vermeiden, indem ich erst gar kein Gespräch anfing. Das hielt die Fahrer aber nicht davon ab, ihre abenteuerlichen Thesen ungefragt zu verbreiten, und so bekam manche Taxifahrt den Charakter einer Geiselnahme: Ich war auf engstem Raum eingesperrt mit einem Kerl, der mich einer Art Gehirnwäsche unterzog, und ich wusste, dass die einzige Chance, meinem Peiniger zu entkommen, darin bestand, mir widerspruchslos seinen Sermon anzuhören. Wenigstens beim Aussteigen habe ich den schlimmsten Vertretern dieser Spezies meine Meinung gesagt oder demonstrativ kein Trinkgeld gegeben.

Zum Glück kann es auch anders laufen. Ich hatte Begegnungen mit Taxifahrern, die mich so berührt haben, dass ich mich noch genau an sie erinnere: an den Iraker, der um seine Verwandten im Heimatland bangte, weil dort gerade die Amerikaner einmarschiert waren; an die Frau, die mir vom Tod ihres Sohnes erzählte, der vor ein paar Wochen gestorben war; an eine andere Fahrerin, die gerade von ihrem Mann verlassen worden war und nun sich und ihre drei Kinder mit Taxifahren über Wasser hielt. Ich hatte Taxifahrer aus dem Iran, die dort Universitätsprofessoren gewesen waren, und deutsche Studienabbrecher, die selbstbestimmtes Taxifahren der absehbaren Arbeitslosigkeit in ihrem Beruf vorzogen.

Jede der kurzen Begegnungen erlaubte mir einen Blick in ein fremdes Schicksal und gab mir das Gefühl, für einen Moment das Leben eines anderen Menschen geteilt zu haben. Oft haben wir uns zum Abschied die Hand gegeben, uns gegenseitig alles Gute gewünscht. Dieser Wunsch kam jedes Mal von Herzen, weil es wunderbar ist, wenn Fremde sich begegnen und vertrauen und dann wieder ihrer Wege gehen.

Und dann war da noch der Taxifahrer aus Bielefeld, der mich nach einer Lesung in der Buchhandlung abholte, um mich zum Bahnhof zu bringen. Lesungen machen einen trockenen Hals, ich sehnte mich nach einem Bier, aber es war schon nach zehn, und am Bahnhof Bielefeld war nicht mal mehr ein Kiosk offen. Resigniert zahlte ich und zog meinen Koffer Richtung Bahnsteig, da hörte ich hinter mir den Taxifahrer rufen. Da vorne, durch den Tunnel durch, auf der anderen Seite der Bahngleise, da sei ein Kinocenter, vielleicht könnte ich da ein Bier kriegen. Kurzerhand packte er meinen Koffer, und im Laufschritt ging es durch den Tunnel, hinein ins Kino, vorbei an den verdutzten Kartenkontrolleuren, bis zu einem Verkaufsstand. Dann wieder zurück, bis auf den Bahnsteig, wo wir lachend und außer Atem ankamen. Mit einem frischen, kalten Bier in der Hand stieg ich in den Zug, und wahrscheinlich werde ich bis ans Ende meines Lebens bei der Erwähnung von Bielefeld an den netten Taxifahrer denken, bei dem ich mich an dieser Stelle noch mal herzlich bedanken möchte!

Nieder mit den Frauenverstehern!

Ehrlich gesagt ziehe ich es vor, von Männern begehrt statt verstanden zu werden, denn was wäre das Leben langweilig, wenn die Männer plötzlich so wären, wie wir sie angeblich gerne hätten!

Worüber könnten wir uns stundenlang mit unserer besten Freundin unterhalten, wenn nicht darüber, dass sich unser a) Freund b) Geliebter c) Mann d) Ex-Mann e) Chef mal wieder UNMÖGLICH benommen hat. Dass er a) unseren Jahrestag vergessen b) beim Sex von seiner Frau gesprochen c) die Existenz von Sex d) seine Kinder e) sich selbst vergessen hat.

Was würden wir in unsere Tagebücher schreiben, wenn nicht endlose Klagen darüber, dass Männer einfach nicht begreifen, was wir Frauen wollen, nämlich angebetet, geliebt und auf Händen getragen werden. Das ist doch wohl nicht so schwierig, verdammt noch mal!

Die Weltliteratur würde schlagartig auf den Umfang einer Schulbücherei zusammenschrumpfen, wenn Männer tatsächlich anfingen, Frauen zu verstehen; schließlich beruhen die meisten Werke darauf, dieses Nicht-Verstehen eingehend zu beschreiben, woraus wir unseren masochistisch-befriedigenden Lesegenuss ziehen. Hach! Schon Desdemona, Gretchen, Anna Karenina und Madame Bovary ging es nicht anders als uns, wir befinden uns in illustrer Gesellschaft und fühlen uns getröstet.

Leider trifft man im wirklichen Leben selten einen dieser sensiblen, einfühlsamen Schriftsteller, die uns Frauen offenbar verstehen und unser Leid so trefflich schildern können. Beim Lesen zu Hause auf dem Sofa stellt man sich einen jungen, gelockten Schöngeist vor, beim Besuch seiner Lesung in der Buchhandlung begegnet man dann einem schmerbäuchigen Trinker oder brillentragenden Autisten, von dem man sich gar nicht verstanden fühlen WILL.

Auch auf der freien Wildbahn klaffen unsere vermeintlichen und tatsächlichen Erwartungen auseinander: Wer hat jemals nach einer Party einen freundlichen, sanften Frauenversteher mit nach Hause genommen und den Rest der Nacht Gedichte mit ihm gelesen? Na, bitte. Wir träumen von dem Mann, der uns versteht, aber wenn's einer tut, finden wir es doch ziemlich langweilig. Das ist fast so, als wären wir unter unseresgleichen, und da könnten wir ja gleich unter Frauen bleiben.

Mit der Treue ist es das Gleiche: Natürlich wollen wir einen Mann, der uns treu ist, wer wird schließlich gerne betrogen. Aber wenn wir nur den geringsten Verdacht haben, der Kerl bliebe nur deshalb bei uns, weil keine andere ihn will, verzichten wir dankend. Dann lieber in Ehren betrogen werden, am liebsten mit einer Frau, für die wir uns nicht schämen müssen!

Tja, was wollen wir Frauen denn nun wirklich? Ganz einfach: alles, und das sofort.

Wir wollen den verwegenen, leidenschaftlichen Abenteurer, der unsere Knie zittern und Flugzeuge in unserem Bauch herumsurren lässt, der aus unserem Leben einen aufregenden Kinofilm macht, in dem die Spannung keinen Augenblick nachlässt. Wir wollen den liebevollen Vater, der bei der Geburt seiner Kinder unsere Hand hält und Freudentränen über das Neugeborene vergießt, der Windeln wechselt, Fläschchen kocht und Elternabende besucht. Wir wollen den einfühlsamen Partner, der unsere Melancholie nicht abfällig als prämenstruelles Syndrom abtut, sondern uns davon überzeugt, dass wir trotz der zwei neuen Fältchen ums Auge und der Cellulite-Dellen am Schenkel die wunderbarste und begehrenswerteste Frau sind, die je diesen Planeten bewohnt hat. Und dann wollen wir noch den guten Freund, dem wir abends eine Gurkenmaske und einen alten Hollywoodfilm zumuten und morgens ungestraft die Zeitung weglesen können.

Eigentlich ganz einfach, oder?

Die einzige, kleine Schwierigkeit scheint darin zu liegen, dass die Evolution noch kein männliches Wesen hervorgebracht hat, dass alle diese Eigenschaften in sich vereint. Die Abenteurer sind keine guten Väter, die guten Väter keine überzeugenden Liebhaber, die überzeugenden Liebhaber keine guten Freunde, die guten Freunde keine einfühlsamen Partner und so fort. Sieht so aus, als müssten wir Frauen uns für einen Typ entscheiden – und fortan darüber jammern, was er alles NICHT draufhat.

Weniger ist mehr?

»Simplify your life!«, tönt es uns entgegen. »Wirf Ballast weg, entmülle dein Leben, denn weniger ist mehr.« Wer könnte dagegen etwas einzuwenden haben, schließlich besitzen die meisten von uns einen voll gestopften Kleiderschrank, ein überquellendes Kellerabteil und eine Menge überflüssigen Mist, von dem wir nicht einen Bruchteil wirklich brauchen. Ein normaler Haushalt bestand vor hundert Jahren noch aus ungefähr dreihundert Gegenständen, heute sind es zehntausend, und zumindest was meinen Haushalt betrifft, scheinen es täglich mehr zu werden. Dabei kämpfe ich schon seit Jahren gegen die Flut an, aber vergeblich. In mir gibt es zwei widerstreitende Impulse, die gleichwohl nebeneinander existieren: die Wiederverwerterin und die Anschafferin. Beide gemeinsam machen alle Bemühungen zunichte, meine Besitztümer zu minimieren.

Kaum habe ich beschlossen, etwas auszumisten, weil es alt, abgetragen, hässlich oder unmodern ist, meldet sich die Wiederverwerterin und schlägt vor, etwas daraus zu machen, zum Beispiel aus der zu kurzen Jeanshose meiner Tochter Shorts für den Sommer. Die Hose wandert also wieder in den Schrank, gleichzeitig besteht die Anschafferin darauf, eine neue zu kaufen, weil meine Tochter die alte ja nicht mehr tragen kann. Und nun kommt der Haken: Aus der zu kurzen Jeans werden niemals Shorts, und eigentlich weiß ich das auch, aber ich schaffe es trotzdem nicht, sie wegzuwerfen. So stapelt sich der alte Kram, und ständig kommen neue Sachen dazu. Deshalb ist bei mir leider nicht weniger mehr, sondern aus viel wird immer noch mehr. Immerhin kann man mir zugute halten, dass ich ökologisch handle, weil ich nicht einfach den Müllberg vergrößere, sondern den Recycling-Gedanken umzusetzen versuche. Aber gut gemeint ist eben noch lange nicht gut.

Trotzdem, so habe ich mir eines Tages frustriert gedacht, sollte man sich vielleicht erst mal die Ratgeber näher ansehen. Wer nimmt sich eigentlich das Recht, uns Ratschläge erteilen zu wollen? Und leben die Verkünder der »Weniger-ist-mehr-Philosophie« überhaupt selbst nach ihren Maximen?

Paah! Soll ich Ihnen sagen, wer hinter den wohlfeilen Aufforderungen steckt, unser Leben zu vereinfachen? Evangelische Pfarrer, die sowieso nichts brauchen, weil sie den lieben Gott haben. Gut verdienende Werbefuzzis, die Luxusaskese der Marke »Lieber nur ein Auto, dafür aber dann einen Porsche« vertreten. Und stinkreiche Bestsellerautoren, die Wasser predigen, aber gerne teuren Rotwein saufen.

Fragt sich nur, warum der von Hartz IV und anderer sozialer Unbill geplagte Bundesbürger Millionen für derartige Bücher ausgibt, die ihm empfehlen, jene Dinge einzusparen, die er sich ohnehin niemals leisten könnte. Sind diese Ratschläge also nicht im Grunde ebenso scheinheilig wie das Gebaren mancher Vorstandschefs, die sich selbst mit Abfindungen in Millionenhöhe versorgen, während sie ihren »freigestellten« (Unwort-des-Jahres-Anwärter Nr. 1) Mitarbeitern ein munteres »Man muss eben auch mal Opfer bringen« mit auf den Weg ins soziale Abseits geben?

Damit Sie mich nicht falsch verstehen: Natürlich ist es sinnvoll, nicht so viel Zeug einzukaufen und dafür lieber auf Qualität zu achten. Man muss nicht alle drei Monate sein Handy wegschmeißen, nur weil schon wieder ein neues Modell auf den Markt gekommen ist. Einheimisches Obst ist teurer Importware aus Übersee eindeutig vorzuziehen – schon aus geschmacklichen Gründen. Und selbstverständlich muss man nicht jedes Jahr seine gesamte Garderobe austauschen, um modisch auf der Höhe zu sein. Kurzum: Es gibt viele gute Gelegenheiten, bewusster zu konsumieren und auch mal Verzicht zu üben. Aber eines ist auch klar: Verzichten kann leicht, wer viel hat. Und von fetten Ärzten lässt man sich ungern eine Diät verordnen.

Was Männer sehen – und was nicht

Männer und Frauen sehen nicht das Gleiche – auch wenn sie in dieselbe Richtung schauen. Da können die tollsten Klamotten im Schaufenster hängen, die den Blick jeder Frau magisch anziehen, und was sieht der Mann? Mit welcher Dübelgröße die Kleiderstange befestigt ist.

Oder im Haushalt: Frau sieht das Chaos in der Küche, Mann sieht in ihre Augen und fragt: »Und was machen wir heute Abend?«

Männer sehen keine überquellenden Mülleimer, keine leeren Getränkekisten, keine schmutzigen Spüllappen. Sie können gebügelte nicht von ungebügelter Wäsche unterscheiden und werden nie begreifen, dass zur grünen Hose kein gelb-rot-kariertes Hemd passt, wenn man nicht mit einem Papagei verwechselt werden möchte. Sie können auf hundert Meter die Körbchengröße einer Bikinischönheit schätzen, aber wenn ihre eigene Frau sich neben ihnen mit dem Korkenzieher abplagt, sagen sie höchstens: »Ich hätte sowieso lieber ein Bier.«

Auch in der Wahrnehmung anderer Menschen sind Männer und Frauen völlig unterschiedlich. Während eine Frau in Sekundenschnelle jede Menge Informationen über das Gegenüber sammelt (Ausstrahlung, Alter, Größe, Kleidung, Beruf, Sympathiefaktor), realisieren die Männer in der Regel nur ein Detail, etwa: »Hast du den Ausschnitt gesehen?« oder: »Was fährt denn der für ein Auto?«

Frauen haben die Weitsicht, Männer den Tunnelblick. Ist ja klar, früher beim Jagen ging es auch nur darum, das Wisent nicht aus den Augen zu verlieren, was links und rechts davon war, interessierte nicht. Es ist sogar wissenschaftlich nachgewiesen, dass Männer ein engeres Gesichtsfeld haben als Frauen. Manche Frauen haben so einen phänomenalen Rundum-Panorama-Blick, dass der Verdacht aufkommt, sie hätten auch hinten Augen, Männer hingegen sehen oft nicht mal, was sich unmittelbar vor ihnen abspielt.

Da kommt man nach dreistündigem Friseurbesuch (Strähnen, Schneiden, Föhnen) nach Hause, der Liebste hebt kurz den Blick von der Zeitung und sagt: »Wann gibt's denn Essen?« Man stellt sich direkt vor ihn, fragt: »Fällt dir nichts auf?«, und der Kerl sagt: »Hast du ein neues Kleid an?«

Kommt man hingegen vom Einkaufen und trägt das gerade erstandene super-scharfe, sündhaft-teure Wahnsinnsteil, kommt auf die Frage »Fällt dir nichts auf?« ein gelangweiltes: »Du warst sicher beim Friseur.«

Beim Blick in die Fernsehzeitschrift erkennen Männer sofort, dass ihr Fußballverein spielt; dass gleichzeitig unsere Lieblingsserie läuft, sehen sie nicht. Wenn sich ein Mädchen als Babysitter vorstellt, entdecken sie begeistert ihre niedliche Zahnlücke; dass die Kleine noch nie ein Baby gehalten und sich nach dem Klo die Hände nicht gewaschen hat, entgeht ihnen.

Geradezu aufreizend die Lässigkeit, mit der Männer eine Mutter mit Kinderwagen vor der Treppe stehen lassen, während sie mit einem Hechtsprung einer Zwanzigjährigen die Tür aufhalten.

Kein Mann bemerkt, wenn sein Sohn ohne Turnsachen in die Schule geht oder die Tochter ihren teuren, neuen Wollpulli gegen ein verwaschenes Sweatshirt von der Freundin eingetauscht hat. Er sieht auch nicht, dass die Gemüsefrau ihm unreife Tomaten und schlappen Salat andreht und die Bäckereiverkäuferin ins Fach fürs Brot vom Vortag greift (weil sie als Frau natürlich weiß, dass er es nicht merken wird).

Ich will damit jetzt nicht sagen, dass Männer Ignoranten sind. Nein, sie sind nur Meister der so genannten selektiven Wahrnehmung. Sie sehen, was sie sehen wollen und was in ihr Interessenraster passt. Wahrscheinlich sind sie glücklicher als wir Frauen, die wir ständig Sachen sehen, die wir eigentlich nicht sehen wollen. Den kleinen Bauch, den der Liebste sich in den letzten Jahren angefressen hat, die unaufgeräumten Kinderzimmer, die tratschenden Nachbarinnen, die noch nicht gebügelte Wäsche, kurz: die Haare in der Suppe unseres Lebens, die doch alles in allem eigentlich ganz wohlschmeckend ist. Vielleicht würde uns ein bisschen Tunnelblick hie und da gut tun, denn bekanntlich ist am Ende jeden Tunnels Licht!

Was Frauen gerne hören – und was nicht!

Haben wir nicht alle Lieblingssätze, bei denen uns das Herz hüpft, wenn wir sie hören?

Zum Beispiel: »**Das ist gar kein Problem.**« Ich könnte jeden küssen, der das zu mir sagt, insbesondere, wenn es sich um einen Automechaniker oder einen Computerfachmann handelt. Die Hilflosigkeit, die mich angesichts defekter technischer Geräte befällt, ist grenzenlos, und meine Dankbarkeit dafür, dass es Menschen gibt, die sich der Sache annehmen, ebenfalls.

Schön ist auch: »**Ich kümmere mich darum.**« Ach, welche Erleichterung! Da ist tatsächlich jemand, der uns etwas von unseren Aufgaben abnimmt, zum Beispiel diesen unangenehmen Anruf, vor dem wir uns schon seit einer Woche drücken. Danke, danke, danke!

Ein Favorit ist natürlich »**Du siehst aber heute gut aus!**«, wobei unsere Freude ein klein wenig von dem Gedanken getrübt wird, dass wir an anderen Tagen womöglich weniger gut aussehen, oder vielleicht sogar meistens ganz furchtbar aussehen, weshalb es dem anderen besonders auffällt, dass wir ausgerechnet heute … na ja, und so weiter. Trotzdem: Wir hören es nicht ungern.

»Du bist die beste Mama der Welt!« Seufz! Endlich sagt es mal einer, wo es doch sonst kaum einer merkt, höchstens, wenn wir leckeres Kartoffelpüree aus der Tüte gekocht haben und die Kinder uns für eine großartige Köchin halten, was sie leider nicht tun, wenn wir drei Stunden in der Küche gestanden und was Richtiges gekocht haben … na ja, man wird ja bescheiden.

Top of the Pops: **»Du bist die tollste Frau der Welt!«** Wenn man denkt, wie viel Blödsinn wir im Leben anstellen, nur um diesen Satz mal aus dem Mund eines Mannes zu hören, der nicht aussieht wie ein verklemmter Physiklehrer! Wenn der Richtige diese Worte ausspricht, glauben wir sie liebend gerne, auch wenn wir wissen, dass sie gelogen sind!

Tja, und dann gibt es natürlich noch diese Anti-Lieblingssätze, die wir überhaupt nicht leiden können und trotzdem immer wieder hören müssen: **»Das sieht gar nicht gut aus«**, zum Beispiel, oder: **»Da ist wohl nichts mehr zu machen.«** Hört man leider allzu häufig aus dem Mund eben jener Automechaniker oder Computerfachmänner, die wir gerade noch dankbar küssen wollten.

Ausflippen könnte ich bei: **»Ja, gleich, Mama!«**, denn das heißt so viel wie »Vergiss es, Mama!« Egal, worum wir unser Kind bitten, wir können mit an Sicherheit grenzender Wahrscheinlichkeit davon ausgehen, dass es in diesem Leben nicht mehr erledigt werden wird. Also räumen wir selber die Klamotten auf, decken den Tisch, machen das Klo sauber, sammeln die nassen Handtücher ein … und, und, und.

Noch ein Hass-Satz: **»Hier draußen nur Känn-**

chen!« Aaaargh! Dieser Satz repräsentiert die spießige, miefige, deutsche Gastronomie, für die wir uns vor unseren Freunden aus dem Ausland schämen. Und das zu Recht.

Aber es gibt noch mehr: **»Ist leider aus!«** Da haben wir endlich genau die Jeans oder den Pulli oder die Schuhe gefunden, nach denen wir schon monatelang gefahndet haben, und dann gibt es sie natürlich nicht mehr in der Größe, die wir brauchen. Zum Heulen.

Die Steigerung davon heißt: **»Das ist nicht mehr auf dem Markt!«** Seit Ewigkeiten verwenden wir diese ganz bestimmte, wunderbare Nachtcreme, und eines Tages wollen wir ein Döschen kaufen und kriegen diesen Satz um die Ohren gehauen, worauf wir in Schwermut verfallen angesichts der Vergänglichkeit aller Dinge, die uns die eigene Vergänglichkeit unschön vor Augen führt. Schluchz! Auch wir müssen eines Tages sterben! Und was schmieren wir uns bis dahin ins Gesicht?

Mein persönlicher Hass-Favorit: **»Das geht nicht.«** Bei keinem anderen Satz kriege ich eine derartige Wut und gleich darauf die unbezähmbare Lust, meinem Gegenüber zu beweisen, dass es nicht stimmt. Geht nicht gibt's nicht! Oder sollte es jedenfalls nicht geben. Ein Versuch, diesen Satz zu widerlegen, lohnt immer!

Überall ist es besser, wo wir nicht sind

Man kann es gut an kleinen Kindern beobachten: Immer ist das Spielzeug, das der andere hat, das interessantere. Da wird gezerrt und gestritten, bis Puppe oder Bagger den Besitzer gewechselt haben – und wenig später liegt das gerade noch so heiß begehrte Ding unbeachtet in der Ecke. Die meisten Kinder erklären ihren Eltern eines Tages, sie würden viel lieber bei einer anderen Familie leben, zum Beispiel bei den Eltern von Robert oder der Mutter von Alina, die seien viel großzügiger und netter und würden außerdem viel besser kochen.

Bei mir ging die Vorstellung, anderswo müsse es besser sein, sogar so weit, dass ich meinen Eltern unterstellte, sie hätten mich adoptiert und würden mir nun den Namen meiner wahren Erzeuger vorenthalten, die natürlich viel reicher, liebevoller und interessanter wären. Ich glaube, einmal habe ich ihnen sogar vorgeschlagen, mich doch wieder zur Adoption freizugeben – offenbar erschien mir jede noch so unberechenbare Veränderung besser als das, was ich hatte.

So versuche ich heute, es nicht persönlich zu nehmen, wenn mein Sohn mir erklärt, mit spätestens sechzehn werde er ausziehen und später mal eine Frau heiraten, die nicht arbeiten, sondern sich ausschließlich um sein Wohlergehen kümmern würde. Mal abgesehen davon, dass meine Erziehungsbemühungen offenbar auf ganzer Linie fehlgeschlagen sind, muss ich bei genauerem Nachdenken einräumen, dass wir Erwachsenen auch nicht viel anders sind.

Immer glauben wir insgeheim, es gäbe ein anderes, besseres, interessanteres Leben als unseres. Neidisch beäugen wir unsere Mitmenschen daraufhin, ob sie nicht den spannenderen Job, den tolleren Mann, die wohler geratenen Kinder haben, und das, obwohl sie doch schon mit einer besseren Figur, attraktiverem Aussehen und einem individuelleren Geschmack gesegnet sind.

Solange wir Single sind, erscheint uns nichts erstrebenswerter als eine Partnerschaft. Sind wir endlich zu zweit, wollen wir unbedingt zu dritt oder zu viert sein, und wenn wir dann Mann, Kinder, Hund und Katze haben, plagen uns nicht selten die heftigsten Fluchtphantasien, und wir wünschen uns reumütig zurück in unser Single-Leben. Wohnen wir in der Stadt, träumen wir von einem idyllischen Häuschen im Grünen, hocken wir auf dem Dorf, zieht es uns in die lebendige Großstadt mit all ihren Angeboten.

Und haben wir's dann mit unserer ständigen Unzufriedenheit endlich geschafft, unseren Mann zu vergraulen, wünschen wir uns nichts sehnlicher, als dass alles so bliebe, wie es ist: langweilige Fernsehabende (waren immer so kuschelig!), Streit um die Hausarbeit (wir haben uns wenigstens auseinander gesetzt!), Sex ohne Überraschungen (da wusste man, was man hatte!), jedes Jahr Urlaub im gleichen Hotel (die waren immer so nett da!), den ganzen nervenden Ehe-Alltag eben, der uns jetzt so vertraut und anheimelnd erscheint, dass wir nicht mehr begreifen, warum wir ihn eigentlich nicht mehr wollten.

Die Wahrheit ist: Es gibt kein perfektes Lebensmodell. Singles sind frei, aber oft einsam, Verheiratete fühlen sich geborgen, aber oft unfrei, Mütter werden geliebt, aber machen in der Regel keine große Karriere, auf dem Land hat man viel Natur, aber lange Wege, in der Stadt ist alles nah, aber die Luft so schlecht.

Das Leben ist ein einziger Kompromiss, und welche Möglichkeit wir auch wählen, es bleibt die Ungewissheit, ob der andere Weg nicht der bessere gewesen wäre. Wie so oft hat der Buddhismus eine passende Weisheit parat: Glück ist, nicht mehr zu wünschen.

Wer's geschafft hat, der verrate mir bitte, wie es geht!

Ist schon peinlich, aber was soll ich tun? Die Musik setzt ein, die Liebenden auf der Leinwand küssen sich – und ich fange an zu flennen. Oder: Das Zeichentrick-Tierbaby schaut mit großen Augen seiner Mutter nach, die von bösen Tierfängern abtransportiert wird – und schon bin ich in Tränen aufgelöst. Es reicht, dass die Geigen schluchzen, schon schluchze ich mit.

Meine Kinder weigern sich inzwischen, mit mir ins Kino zu gehen, weil sie es »endpeinlich« finden, dass ich immer mit roten Augen und geschwollener Nase wieder rauskomme. Tja, was sollen die Leute auch denken, wenn eine erwachsene, im Allgemeinen als durchaus tough geltende Frau heulend in »Dschungelbuch 2« sitzt, ganz zu schweigen von Filmen, die es darauf anlegen, einen zum Weinen zu bringen? Eine Packung Taschentücher ist da gar nichts. Dabei war ich doch auf einer Filmhochschule und weiß genau, wie man Emotionen erzeugt. Keine Chance, ich falle trotzdem darauf rein.

Sentimentale Kuh, könnten die Leute also von mir denken, und Recht hätten sie. Auf meiner Gefühlsklaviatur zu spielen ist ein Leichtes für jeden Filmregisseur oder Schriftsteller. Ich weine nämlich nicht nur im Kino, o nein, ich weine auch beim Lesen! Und noch Schlimmer: sogar beim Schreiben meiner eigenen Bücher! Wenn da was Trauriges passiert (die Liebenden verlieren sich, jemand stirbt), dann heule ich Rotz und Wasser über der Computer-Tastatur. Bei meinen öffentlichen Lesungen muss ich darauf achten, keine solche Stelle zu erwischen, denn egal, wie oft ich sie gelesen habe – ich heule jedes Mal wieder.

Keine Ahnung, warum ich so nah am Wasser gebaut habe. Eigentlich bin ich ein fröhlicher Mensch und eher mit der Fähigkeit zur Selbstironie gesegnet als mit der Neigung zu Selbstmitleid. Nichts ist mir mehr zuwider als Gefühligkeit und Pathos, die kitzeln unweigerlich die Zynikerin in mir hervor und lassen mich gelegentlich Witze reißen, für die ich mich hinterher schäme.

Und trotzdem. Bestimmte Schlüsselsituationen lösen unweigerlich den Flenn-Reflex bei mir aus. Zum Beispiel Beerdigungen: Ich muss noch nicht mal wissen, wer begraben wird, wenn die Musik traurig genug ist, heule ich mit, ich kann nicht anders. Ich könnte mich als Klageweib verdingen; bestimmt würde ich so heftig und ergreifend weinen wie niemand sonst. Nur schade, dass dieser Brauch in unseren Breitengraden nicht sehr verbreitet ist.

Aber auch erfreuliche Anlässe wie Hochzeiten bringen mich zum Weinen, und eigentlich könnte ich es richtig genießen, wenn ich endlich eine Wimperntusche finden würde, die wirklich wasserfest ist.

Wenn man's genau betrachtet, gibt es ja eine Menge guter Gründe, zu weinen: Das Leben ist kurz, das Glück ist flüchtig, der Zustand unserer Welt lässt zu wünschen übrig, und bevor wir viel daran geändert haben, fahren wir schon in die Grube. Vielleicht würden wir alle viel, viel öfter weinen, wenn wir uns das immerzu klar machen würden. Weil wir so aber nicht leben könnten, sind wir insgeheim dankbar für die Anlässe, bei denen Tränen fließen dürfen, die einfach mal geweint werden müssen.

Schade nur, dass niemand mehr mit mir ins Kino geht. Alleine weinen ist nicht halb so schön wie in Gesellschaft. Meine Kinder haben signalisiert, dass sie mich vielleicht mal wieder mitnehmen würden, aber nur in einen Action-Film. Wäre doch gelacht, wenn ich da nicht auch einen Grund zum Weinen finden würde!

Die Allrad-Frau

»Attraktive, kultivierte Frau gesucht, die in Jeans und Abendkleid eine gute Figur macht, einen repräsentativen Haushalt führen kann, Kindererziehung für eine wichtige Aufgabe hält und einen Sinn für Traditionen und Werte hat. Aus Paritätsgründen bitte lukrative Berufstätigkeit oder Vermögen. Chiffre.-Nr. 08/15.«

Die Kerle, die hinter solchen Anzeigen stecken, möchte ich gerne mal kennen lernen. Das müssen ja echte Supermänner sein – schon aus Paritätsgründen. Bestimmt sind sie selbst wahnsinnig attraktiv und kultiviert, kochen wie die Götter, tragen den bei ihren repräsentativen Einladungen angefallenen Müll runter und beschäftigen sich geduldig mit ihrem Nachwuchs, wobei sie abwechselnd Jeans und Smoking tragen und natürlich immer unwiderstehlich aussehen. Außerdem sind sie vermögend und schütten die Gattin mit Juwelen zu, schließlich ist es gute Tradition, seiner Frau ein paar unvergängliche Werte zu übereignen.

Was glauben diese Typen eigentlich, was eine Frau ist? Ein allradgetriebenes Geländefahrzeug mit Porsche-Karosserie, integrierter Gelddruckmaschine und Kuschel-Funktion? Die Fortsetzung von Mama, nur jünger und hübscher? Eine Wundertüte voller Überraschungen, aus denen Papis guter Junge wählen darf?

Offenbar haben manche Männer eine merkwürdige Vorstellung davon, was Frauen alles leisten sollen. Auch, wenn wir uns wegbewegen aus der Schicht, in der man aus Paritätsgründen Vermögen voraussetzt, ist ein gewisser Realitätsverlust weit verbreitet.

Sehen wir uns einfach mal die nackte Statistik an: In Umfragen geben Männer an, dass sie nach der Geburt des ersten Kindes ihren Einsatz im Haushalt verdoppeln wollen.

Wow, denkt man sich, ist ja toll! Und nun das Ganze in absoluten Zahlen: Die Herren verdoppeln ihren Einsatz im Haushalt von sage und schreibe vier auf acht Minuten! Da fällt uns Frauen doch glatt der Kochlöffel aus der Hand. Vor Begeisterung, natürlich.

Auch wenn beide Ehepartner arbeiten, bleibt der absolute Löwenanteil der Haus- und Familienarbeit an den Frauen hängen. Oder haben Sie schon mal Väter gesehen, die mit ihren widerstrebenden Kindern Schuhe, Klamotten und Mützen einkaufen, nach einem ganz bestimmten Diddl-Monster für den Kindergeburtstag fahnden, stundenlang im Wartezimmer des Kinderarztes zerfledderte Bilderbücher vorlesen oder nachts achtmal aufstehen, weil das Baby hustet oder der Zweijährige kotzt? Wer erledigt den täglichen Einkauf, kocht die schnellen Mittagsgerichte, paukt Vokabeln und fährt die süßen Kleinen von der Musikstunde zum Fußball? Das machen in aller Regel die Mütter, weil die meisten Väter es so gedeichselt haben, dass ihr Job ihnen keine Zeit für diese Tätigkeiten lässt.

Und wenn sie dann abends gut erholt aus dem Büro

kommen, wundern sie sich über ihre erschöpften, nervlich zerrütteten und sexuell lustlosen Allrad-Frauen, die doch nur einen Halbtagsjob machen und das bisschen Haushalt nebenher.

Aber eigentlich sind wir Frauen ja selbst schuld. Schließlich sind wir es, die alle Erwartungen erfüllen und es immer allen recht machen wollen. Die so schwer »Nein« sagen können oder: »Jetzt bist du mal dran.« Deshalb rufe ich hiermit zum Streik auf: Lassen Sie den Haushalt einfach mal so richtig verkommen! Kaufen Sie nicht ein, kochen Sie nicht, lassen Sie morgens die Kinder verschlafen und bezahlen Sie die Rechnungen nicht, die Ihr Mann Ihnen hingelegt hat. Bestellen Sie keine Getränke, lassen Sie den Müll überquellen, füttern Sie die Katze nicht. Und wenn alles so richtig schön im Chaos versinkt, wenn Ihre Kinder quengeln, die Katze schreit, Ihr Mann vor Hunger fast umkommt, wenn es nach Müll stinkt, die Nachbarn sich beschweren und das Jugendamt anruft, dann erklären Sie Ihrem Mann, dass Sie morgen für zwei Wochen allein in den Urlaub fahren. Was glauben Sie, wie schnell der die Ärmel aufkrempelt und Ihnen zur Hand geht!

Bitte recht freundlich

Ich muss sagen, ich kann diese Buschmenschen gut verstehen, die schreiend weglaufen, wenn sie eine Kamera sehen. Mir kommt es auch immer so vor, als würde man mir ein Stück meiner Seele klauen, wenn man mich fotografiert.

Was heißt außerdem »mich«? Die Frau, die ich auf den Fotos erblicke, auf denen angeblich ich zu sehen sein soll, bin ich nicht.

Diese rotgesichtige Person mit der schlecht sitzenden Frisur, die auf jedem zweiten Bild gerade eine Gabel zum Mund führt und dabei das Gesicht so verzieht, dass hässliche, tiefe Falten in ihrer Wange entstehen, nein, das kann mir keiner erzählen, so sehe ich doch nicht aus! Ganz zu schweigen von den Bildern, die am Strand oder bei Gartenfesten aufgenommen wurden: Nichts habe ich mit diesem stämmigen, kurzbeinigen Wesen zu tun, das sich ungraziös auf einem Badehandtuch räkelt oder ein für sein Alter völlig unpassendes jugendliches T-Shirt trägt oder das seinen zu kleinen Busen unvorteilhaft ins Licht rückt.

Aaaaah! Kreisch! Wenn das wirklich ich bin, dann stürze ich mich sofort aus dem Fenster!

Aber ich glaube, ich bin es nicht. Es ist das, was der

Fotograf in mir gesehen hat, in dem Moment, als er die Aufnahme gemacht hat. »Die Schönheit liegt im Auge des Betrachters«, sagt man, also auch in dem des Fotografen. Ein hässliches Foto zeigt demnach nicht die Wirklichkeit, sondern das Verhältnis des Fotografen zu seinem Objekt. Wenn ich also auf Fotos unmöglich aussehe, wer ist dann schuld? Genau. Der Fotograf.

Wenn man bedenkt, dass die meisten der privaten Aufnahmen von meinem Mann gemacht werden, komme ich natürlich ins Grübeln. Wenn der mich so sieht, wie ich auf den Bildern aussehe, dann ist er leidensfähiger, als ich dachte. Oder diese Fotos sind ein subtiler Racheakt von ihm. Aber wofür? Was habe ich ihm getan, dass er mich immer gerade in dem Moment ablichtet, wo ein blödes Lachen mich entstellt, bei dem man meine schiefen Zähne sieht. Oder wo ich versuche, einen Ball zu fangen, und aussehe wie ein Känguru auf Ecstasy.

Wenn ich ihn darauf anspreche, ist er gekränkt. Das seien wunderschöne, spontane Schnappschüsse, auf denen mein wahres Wesen zu erkennen sei. Bilder der Liebe, sozusagen.

Na, vielen Dank. Warum sieht mein Mann nicht die schöne, schlanke, höchst begehrenswerte Frau, die geheimnisvoll in die Kamera lächelt wie die junge Greta Garbo, als die **ich** mich sehe? Oder besser, als die ich mich gerne sehen würde. Jedes Mal, wenn eine Kamera sich auf mich richtet, hoffe ich, dass die Aufnahme später die Frau zeigen wird, die ich gerne wäre. Und jedes Mal bin ich enttäuscht.

Meine Foto-Phobie begann schon im Kindesalter; auf den meisten Kinderbildern verziehe ich genervt das Gesicht oder versuche wegzulaufen. Unglücklicherweise war meine Mutter eine fanatische Hobbyfotografin und Super-8-Filmerin, meine Kindheit also eine einzige Flucht vor ihren Mamarazzi-Angriffen. Hunderte von Aufnahmen zeigen mich von hinten, aus dem Bild wischend, oder mit finsterem Lass-mich-bloß-in-Ruhe-Blick.

In meiner Studentenzeit wurde ich mal gefragt, ob ich einem Fotografen Modell stehen wolle. Aus therapeutischen Gründen stimmte ich zu. Auf den Bildern, die mich mit einer Frisur aus dem 19. Jahrhundert und schulterfreier Rüschenbluse zeigen, hat mich kein Mensch erkannt. Es waren die einzigen Fotos von mir, die mir jemals gefielen. Von einer Fortsetzung meiner Modell-Karriere sah ich dennoch ab, obwohl mir das lukrative Angebot eines Männermagazins vorlag, inklusive einwöchigem Karibikurlaub.

Nun arbeite ich ja heute in einem Beruf, in dem ich ziemlich häufig abgelichtet werde, was wirklich eine Qual für mich ist. Denn die Bilder, die in einem Fernsehstudio oder bei einer öffentlichen Veranstaltung entstehen, kann ich leider nicht zerreißen oder in irgendeinem Schuhkarton unter dem Bett verstecken. Die werden in Zeitungen und Magazinen abgedruckt, und Tausende von Menschen können sie sehen. Merkwürdig, dass noch keiner gemerkt hat, dass gar nicht ich es bin, die auf diesen Bildern zu sehen ist!

Die Liebe ist ein seltsames Ding

Was machen wir eigentlich unser ganzes Leben lang, außer Zähne putzen, arbeiten, ins Kino gehen und Wäsche bügeln? Genau: Wir suchen nach der Liebe. Hoffen darauf, uns zu verlieben. Wünschen uns, die einmal gefundene Liebe möge nie vergehen. Trauern einer verlorenen Liebe nach – und hoffen darauf, uns wieder zu verlieben.

Die Liebe ist eine Anarchistin. Sie kommt und geht, wann sie will, sie schert sich nicht um Erwartungen und Wünsche, sie ist unberechenbar, verletzend und hält sich an keine Regel. Sie ist nichts, worauf wir ein Anrecht hätten; sie ist ein Geschenk, das uns vom anderen überreicht wird, für das wir dankbar sein, um dessen Erhalt wir kämpfen, das wir immer aber auch verlieren können.

Viel zu oft endet die Liebe auf einem Schlachtfeld, auf dem die einstmals Liebenden sich gegenseitig verletzen und zerfleischen, mit der gleichen Leidenschaft, mit der sie sich zuvor begehrt und verschlungen haben. Dass Liebe und Hass zwei Seiten derselben Medaille sind, zeigen die erbitterten Rosenkriege, die ehemalige Partner – oft über Jahre – miteinander führen. Da hetzen Frauen ihren Männern die Polizei auf den

Hals, bezichtigen sie wahrheitswidrig der häuslichen Gewalt, der Kindesentführung, sogar des sexuellen Missbrauchs. Da versuchen Männer, ihre Frauen als unzurechnungsfähig hinzustellen, drücken sich vor den Unterhaltszahlungen, muten ihren Kindern ungeliebte, neue Partnerinnen zu, bevor die sich auch nur an die Trennungssituation gewöhnen konnten. Da wird gelogen und intrigiert, verleumdet und getrickst; kein Mittel ist mies genug, den einstmals Geliebten zu schädigen. Ich kenne einen Mann, der eines Tages in seine leer geräumte Wohnung kam – seine Frau hatte sich mit dem gesamten Mobiliar abgesetzt. Ich kenne eine Frau, die nach der Trennung zum Sozialfall wurde, weil ihr Mann mithilfe cleverer Berater sein stattliches Einkommen auf null gerechnet hat. Es scheint, als müssten manche Menschen denjenigen zerstören, der ihnen ihre Liebe entzogen hat, um selbst weiterleben zu können.

Eine der großen, ungelösten Fragen ist, ob Beziehungen scheitern, weil wir so sind, wie wir sind, oder weil wir uns die falschen Partner suchen. Die meisten Menschen glauben, es läge am Partner. Der ist schuld, dass wir nicht glücklich sind, denn schließlich ist es seine Aufgabe, uns glücklich zu machen. Wenn er das nicht schafft, hat er versagt, völlig klar.

Komisch, dass so wenige Menschen auf den Gedanken kommen, es könnte auch an ihnen liegen, wenn die Liebe zerbricht. Dass sie – vielleicht schon seit langem – zu wenig fürsorglich, aufmerksam, liebevoll und zärtlich sind. Dafür eifersüchtig, ungeduldig, desinteressiert und egoistisch.

Die Ehe ist der Sieg der Hoffnung über die Vernunft:

Zwei Drittel der Ehen werden geschieden, trotzdem heiraten die Leute unverdrossen weiter, und jedes Paar hofft, es gehöre zum dritten Drittel. Manche lassen sich auch durch fortgesetztes Scheitern nicht entmutigen – sie heiraten ein zweites, ein drittes, ein viertes Mal – manchmal sogar denselben Partner!

Ohne diese naive Zuversicht, dass irgendwann alles gut werde, dass die Liebe siegen und wir glücklich werden könnten, wäre die Menschheit zum Aussterben verurteilt, deshalb müssen wir eigentlich froh sein, dass der Einzelne in dieser Hinsicht nicht besonders lernfähig ist. Und dann gibt es diese Paare, die vierzig oder fünfzig Jahre verheiratet sind und dabei zufrieden, ja, glücklich aussehen. Alt und gebückt gehen sie nebeneinander, halten sich an der Hand und lassen uns glauben, dass es die große Liebe tatsächlich gibt. Am liebsten würde man zu ihnen gehen und fragen: »Wie habt ihr das geschafft, was ist euer Geheimnis, warum hat eure Liebe überlebt?«

Einmal habe ich es gewagt, und ein Paar, beide über 80, nach ihrem Erfolgsrezept gefragt. Zwei Sätze aus diesem Gespräch sind mir in Erinnerung geblieben. Der Mann sagte: »Ich wollte immer, dass meine Frau glücklich ist.« Und die Frau sagte: »Ich wollte immer, dass mein Mann glücklich ist.«

Wie bitte? Der andere ist also nicht dazu da, *mich* glücklich zu machen, sondern ich bin dazu da, *ihn* glücklich zu machen? Man stelle sich vor, alle würden so denken!

Die Schlabberhosen-Mamis

Was ist es, das eine Frau zur Mutter macht? Die Empfängnis? Die Geburt? Das erste Stillen?

Alles falsch. Es ist der Tag, an dem eine Frau zum ersten Mal morgens vor dem Kleiderschrank steht und denkt: »Ist doch egal.« Die Pfunde von der Schwangerschaft wollen nicht weichen, der Stillbusen sprengt jede Bluse, nichts passt mehr. Im Bad sieht sie in den Spiegel und denkt wieder: »Ist doch egal.« Schminken, frisieren, wofür? Die einzigen Menschen, denen sie heute begegnen wird, sind die anderen Mütter in der Stillgruppe und die Kassiererin im Supermarkt. Sie denkt »ist doch egal«, und schlüpft in die potthässlichen Gesundheitssandalen, die sie trägt, seit während der Schwangerschaft ihre Füße so angeschwollen waren, dass ihr keine anderen Schuhe mehr passten. »Ist doch egal«, denkt sie, als sie beim Verlassen des Hauses über ihrer linken Schulter die Spuckwindel entdeckt und auf ihrem Ärmel Flecken von getrockneter Muttermilch. Wuchernde Achselhaare, käsige Beine, alles ist ihr egal geworden angesichts ihrer neuen Mission, der Brutpflege.

Und so kommt es, dass wir umgeben sind von Menschen, die mal Frauen waren, sich aber irgendwann so verwandelt haben, dass ihre Geschlechtszugehörigkeit nicht mehr eindeutig auszumachen ist. Weiblich können sie nicht sein, denn keine Frau würde sich freiwillig derart vernachlässigen. Männlich können sie nicht sein, denn Männer können nicht stillen. Es kann sich also nur um eine Art drittes Geschlecht handeln.

Ich bin ja nicht bekannt dafür, viel Mitleid mit den Männern zu haben, aber wenn sie mit so einem Wesen leben müssen, tun sie mir wirklich Leid. Da heiraten sie fröhliche Frauen, die Lust auf Sex haben und einige Zeit und Mühe darauf verwenden, schlank und attraktiv auszusehen. Und wenn der regelmäßige Sex dann seine Wirkung entfaltet, sitzen die armen Kerle in der Falle. Aus ihren fröhlichen Frauen werden trutschige Muttis, die sich nicht darum scheren, wie sie aussehen, keine Lust mehr auf Sex haben und sich für nichts anderes interessieren als für ihren Nachwuchs.

Biologisch gesehen macht das natürlich Sinn: Die jungen Mütter sollen einige Zeit nach der Geburt keine erotischen Signale aussenden, um nicht gleich wieder geschwängert zu werden, sondern sich in Ruhe um ihr Junges kümmern. Bloß, was machen die armen Männer? Ihr biologisches Programm befiehlt: Befruchten! Befruchten! Befruchten! Bei ihrer eigenen Frau sollen sie nicht, bei einer anderen dürfen sie nicht – also, die können einem schon Leid tun!

Normalerweise verwandeln sich die geschlechtsneutralen Muttis ein paar Monate nach der Geburt wieder in fröhliche und erotische Frauen zurück, worüber ihre leidgeprüften Männer so glücklich sind, dass sie oft zum zweiten Mal in die Falle tappen und das nächste Kind zeugen. Und dann geht alles wieder von vorne los.

Ist die Familienplanung abgeschlossen, könnte eigentlich alles wieder gut werden. Aber bei manchen Müttern scheint das biologische Programm in der Ist-doch-egal-Rille hängen zu bleiben. Sie haben sich als Frauen aufgegeben, so nach dem Motto: »Einen Mann habe ich, zwei Kinder habe ich, wofür soll ich jetzt noch gut aussehen?« Wie sonst ist zu erklären, dass diese Mütter nicht mal versuchen, wieder der Frau ähnlich zu werden, die sie mal waren? Meist wäre dafür gar nicht viel nötig: ein bisschen Disziplin beim Essen, mehr Bewegung, eine neue Frisur und ein paar Klamotten, die nicht so aussehen, als stammten sie noch aus der Schwangerschaft. Und, am wichtigsten: das absolute Verbot, »Ist doch egal« zu denken!

Denn wenn die trutschigen Muttis lange genug »Ist doch egal« gedacht haben, dann denken es irgendwann auch ihre Männer. Sie suchen sich eine andere Frau, eine von den fröhlichen und erotischen, und Mutti kann den Rest ihres Lebens in Gesundheitslatschen und Schlabberhosen rumlatschen. Viel Spaß!

Jetzt wollen wir uns auch die Papis mal genauer ansehen. Papis, das sind Väter, die früher Männer waren. Leider wissen sie das nicht mehr. Und wir Frauen denken sehnsuchtsvoll an die Zeit, als sie es noch wussten.

Männer! Sind das nicht diese wunderbaren Wesen mit schmalen Hüften und kantigen Gesichtern, deren Anblick und Berührung uns in Ekstase versetzen können? Auf deren Anruf wir tagelang warten, ohne zu essen, ohne zu schlafen, voller Sehnsucht und Erwartung? Deren Stimme uns einen Schauer des Entzückens über den Rücken jagt und den Wunsch in uns entstehen lässt, sie immer wieder zu hören, die süßen Liebesworte, heiser in unser Ohr geflüstert? Männer! Bewundernswerte Kämpfer, die es mit dem Videorekorder, dem Computer und dem Auto ebenso aufnehmen wie mit der Getränkekiste und dem Wochenendeinkauf. Die wir uns in schwachen Stunden mit einem Baby auf dem Arm vorstellen oder mit tobenden Jungs auf einem Abenteuerspielplatz. Und irgendwann ist es so weit: Wir haben ihn gefunden, den Traummann. Unsere Hormone tanzen, die Phantasie spielt verrückt, wir wollen *ihn* und keinen anderen.

Fünf Jahre später: Wir haben *ihn* gekriegt, und danach zwei Kinder. Alles ist gut. Alles ist gut?

Morgens sagt er fast nichts mehr, jedenfalls keine süßen Liebesworte. Er verschwindet mit seinem abgeschabten Pyjama im Bad. Dort hinterlässt er Barthaare im Waschbecken, eine offene Zahnpastatube und achtlos in die Ecke gekickte Boxershorts. Das Frühstück nimmt er hinter der Zeitung ein, die morgendlichen Verrichtungen (Schulbrote schmieren, Schwimmzeug einpacken, nach verlorenen Heften fahnden) überlässt er uns. Tagsüber erweist er sich immer noch als toller Kämpfer – leider nur in seiner Firma, deshalb bekommen wir nichts davon mit. Die Getränkekiste und den Einkauf schleppen wir selbst, der Videorekorder ist und bleibt kaputt. Unsere Vorschläge zur Freizeitgestaltung (ins Kino, zum Tanzen, ein Wochenende wegfahren?) werden abgelehnt. Zu müde. Keine Lust. Ein Bundesligaspiel im Fernsehen.

Die Stimme jagt uns auch keine Schauer des Entzückens mehr über den Rücken. Reichst du mir mal mein Bier rüber? Danke. Keine Ursache.

Wir sehen uns den Mann, der da auf dem gemeinsam angeschafften Sofa sitzt, genau an. Was ist bloß aus dem schmalhüftigen Adonis mit dem kantigen Gesicht geworden?

Ein grauer Durchschnittsmann, dessen Bauch bei unserer ersten Schwangerschaft bis zum siebten Monat mitwuchs und dann so blieb. Schlecht geschnittene Haare (weil er aus Sparsamkeit immer ins Lädchen an der Ecke geht, statt zu einem anständigen Friseur). Langweilige, hellblaue Hemden, ausgeleierte Socken, die immer gleichen, schwarzen Spießer-Halbschuhe. Was, verdammt, haben wir mal an dem Kerl gefunden?

Unsere Gedanken wandern. Zu Micha, unserer ersten, großen Liebe. Wie der wohl heute aussieht? Immer noch ein Adonis oder auch ein Schlabbersocken-Papi? Oder zu Uli, unserer zweiten, großen Liebe. Der nie Kinder wollte und heute alleinerziehender Vater von zwei Jungen ist. Oder zu dem smarten Bankierssohn, der uns eine Weile den Hof gemacht hat. Von dem wären wir vielleicht schon reich geschieden. So viele Männer, so viele Wege. Und wir sitzen da mit dem Mann, den wir unbedingt wollten!

Also, Männer, strengt euch an, verdammt noch mal. Für den Einkauf und die Getränkekiste brauchen wir euch nicht (obwohl ein bisschen Hilfe nett wäre), auch die Schulbrote schmieren wir zur Not selbst. Aber unsere Träume sind leer ohne euch. Gebt uns eine Chance, wieder von euch, unseren Männern, zu träumen! Sonst träumen wir bald von anderen.

Und noch was: Kauft euch endlich mal ein paar anständige Socken!

Eine verflossene Liebe

Ich weiß noch genau, wie es begann: Ich war acht Jahre alt und fuhr mit meinen Eltern und Geschwistern im Nachtzug in die Ferien. Irgendwann wurde ich wach und sah aus dem Fenster des Schlafwagenabteils. Genau in diesem Moment brauste der Zug durch einen Zitronenhain. Zitronenbäume! Die gab es wirklich? Und die wuchsen in Italien?

Ich war hingerissen. Da begann sie, meine leidenschaftliche Liebe zu diesem Land, das alles hatte, was zu Hause zu fehlen schien: Sonne, Wärme, Lebensfreude, gutes Essen, fröhliche Einwohner – und Zitronenbäume! (Erst viel später erfuhr ich, dass ich mich in guter Gesellschaft mit Herrn von Goethe befand, der ebenfalls die blühenden Zitronen an Italien besonders schätzte.)

Ich wurde größer, meine Liebe zu Italien ebenso. Fast alle Semesterferien verbrachte ich dort, fasziniert von der Landschaft, der Kultur, den Menschen. Natürlich verliebte ich mich in einen jungen Italiener, dann in einen anderen, und ihnen zuliebe lernte ich sogar Italienisch.

Am Ende hatte ich fast ein Jahr im Land meiner Sehnsüchte und Träume verlebt, und wann immer es ging, kehrte ich auch später nach Italien zurück.

Alles dort war besser als anderswo, ein mythischer Ort, alles war Leben, Liebe, Leichtigkeit, attraktive, stilsicher gekleidete Menschen, die gerne feierten und – was ich damals ungemein sympathisch fand – nicht viel von staatlicher Autorität hielten. Sie hielten sich ja nicht mal an die Verkehrsregeln.

Was aber sollen wir heute halten von einem Land, dessen Bewohner gleich zweimal einen Mann wie Berlusconi zum Regierungschef wählen, der in dubiose Geschäfte verstrickt ist, sich Gesetze nach Bedarf zurechtschneidert, die Medien missbraucht und Kritiker, die auf all dies hinweisen, als Nazis beschimpft? Ganz zu schweigen von jenem Tourismus-Staatssekretär, Gott hab ihn selig, der befand, die Deutschen seien »einförmige, supernationalistische Blonde, die lärmend über Italiens Strände herfallen, besoffen vor arroganter Selbstsicherheit«.

Ich würde diesem Herrn Stefani gerne mal die spanische Insel zeigen, auf der ich mit meiner Familie immer Urlaub mache. Da müllen seine Landsleute die Strände voll, stellen ihre Angeber-Autos quer über drei Parkplätze, brüllen von morgens bis abends in ihre Handys, verwandeln die ansonsten ruhige Insel mit ihren knatternden, hupenden Vespas in ein Inferno und benehmen sich überhaupt so, dass man als Deutscher Sehnsucht nach der Zeit bekommt, als man sich noch für die eigenen Landsleute schämen konnte. Die sind mir inzwischen richtig ans Herz gewachsen; ich bin dankbar für jeden Sandalen-beschuhten, germanischen Umweltschützer, der schweigend über die Insel wandert und Plastikflaschen einsammelt, die Italiener weggeworfen haben.

Irgendwas ist mit den Menschen aus meinem Lieblingsland passiert: Die jungen italienischen Frauen sehen alle aus wie geklont, mit ihren mager gehungerten, sonnenverbrannten Körpern und operierten Brüsten, die wie halbe Fußbälle am Strand herumliegen. Die Männer wirken wie zu groß geratene, verwöhnte Jungs, die ständig auf der Suche nach neuem Spielzeug sind, das sie achtlos fallen lassen, sobald es ihnen langweilig wird. Die Nation, die einst als so kinderfreundlich galt, bekommt inzwischen die wenigsten Kinder in ganz Europa. Irgendwie haben die Italiener beschlossen, selbst Kinder zu bleiben, statt welche zu machen. Den Grad ihrer Infantilisierung kann man übrigens am italienischen Fernsehprogramm ablesen, das ja ebenfalls in Berlusconi-Hand ist und in dem man fast nur noch großbusige Blondinen sieht, die kleine Männer an sich drücken, die alle irgendwie Ähnlichkeit mit Berlusconi haben.

Was ist bloß geworden aus dieser Kulturnation, den warmherzigen Menschen, all dem, was ich – und mit mir Millionen anderer Deutscher – so geliebt haben?

Na gut, nationale Vorurteile bringen uns nicht weiter. Natürlich weiß ich, dass es auch die klugen, aufgeklärten und sympathischen Italiener noch gibt, die das andere Italien verkörpern, in das wir uns mal verliebt haben, das Land unserer Sehnsüchte und Träume.

Aber, cari amici, wo haltet ihr euch versteckt? Kommt bitte endlich raus und rettet unsere Liebe zu Italien! Rettet unser, rettet euer Italien!

Bitte einpacken!

Der Sommer ist vorbei, und endlich sind alle wieder angezogen! Nichts gegen den Sommer, um Gottes willen. Aber dass der deutsche Mensch die heftige Neigung zeigt, sich beim ersten Sonnenstrahl die Kleidung vom Leib zu reißen und seinen mehr oder minder nackten Körper der Öffentlichkeit zu präsentieren, daran kann ich mich einfach nicht gewöhnen. Kaum ist das Wetter annähernd straßencafétauglich, werden winterweiße Waden und Schultern der Sonne ausgesetzt, bis sie sich schweinchenrosa bis signalrot verfärbt haben, und wenn schließlich die Badesaison beginnt, gibt's kein Halten mehr. Warum es überhaupt noch Bikinioberteile gibt, ist mir rätselhaft; denn die wenigsten Frauen tragen sie noch. Stattdessen tragen sie ihre Brüste selbstbewusst am Strand oder im Freibad spazieren. Auch nichts gegen Brüste, aber wollen wir doch ehrlich sein: Die wenigsten sind so geformt, dass es ein Vergnügen ist, sie anzuschauen. Übrigens auch die wenigsten Hintern oder Penisse.

Ich weiß schon, ich bin dabei, mich auf gefährliches Terrain zu begeben. Natürlich darf man seine Abneigung gegen zu viel Nacktheit eigentlich nicht ästhetisch begründen. Ob ein Busen schön oder unschön ist, ob ein männliches Glied als anregend oder abstoßend empfunden wird, darf nicht das Kriterium dafür sein, ob diese Körperteile öffentlich gezeigt werden sollen oder nicht. Dann müsste man ja am Eingang zum Freibad eine Pimmel- und Busenkontrolle einführen, und wer würde über Schönheit und Nicht-Schönheit entscheiden, und nach welchen Maßstäben? Geht also nicht. Wäre außerdem diskriminierend, undemokratisch, frauenfeindlich, männerfeindlich, seniorenfeindlich und was weiß ich noch alles.

Tatsache ist aber, dass wir Anblicke zugemutet bekommen, auf die wir gerne verzichten würden, wenn wir könnten, aber meistens können wir nicht, weil wir zum Beispiel mit Freunden verabredet sind, die gerne nackt baden.

Da kommt man dann an den Strand (selbst noch bekleidet) und begrüßt nackte Menschen mit Handschlag oder Küsschen, was schon mal ziemlich komisch ist. Womöglich sind dort andere Leute, die wir noch nicht kennen, und schon befindet man sich im Gespräch mit einem wildfremden, nackten Mann, dessen bestes Stück in nächster Nähe vor uns hängt oder womöglich nicht hängt, weil gerade eine besonders hübsche Frau vorbeigegangen ist.

Mich macht das verlegen.

Noch was finde ich komisch: Da hört man immer, Männer seien im Bezug auf ihren Penis so empfindlich. Dann erklären Sie mir mal, warum gerade die Männer mit den dicksten Bäuchen und den lächerlichsten Zipfelchen am liebsten nackt den Strand entlangpromenieren, und das mit einer Miene, als hätten sie Grund, auf irgendwas stolz zu sein?

Oje, schon wieder diskriminierend! Was kann der arme Mann dafür? Wichtig ist doch, dass es ihn glücklich macht! Aber macht es uns glücklich? Leider fragt danach keiner, dabei glaube ich, dass ich mit meinem Unwohlsein nicht alleine bin. So schön es ist, nackt zu baden, die Sonne am ganzen Körper zu spüren und nahtlos braun zu werden (ich mag das alles auch, ich gebe es zu), so zweifelhaft ist es doch, unseren Mitmenschen den Anblick unserer Körperteile zuzumuten, die im Englischen nicht umsonst »private parts« genannt werden.

Ja, die Körperregionen unterhalb des Bauchnabels sind privat und sollten es auch bleiben. Eigentlich hat man doch unter Nacktbadern ständig das Gefühl, etwas dargeboten zu bekommen, was nicht für unsere Augen bestimmt ist, zumal die meisten Menschen sich sonst züchtig verhüllen und es durchaus nicht schätzen, wenn Fremde ihre unbekleideten Geschlechtsteile sehen. Warum diese natürliche Scham komplett wegfällt, sobald die Leute in die Nähe eines Badesees oder anderer Gewässer kommen, ist mir schleierhaft.

Lange wurde Nacktheit ja als Synonym für Freiheit empfunden; zeitweilig galt die Freikörperkultur als Gipfel der Modernität, ja geradezu als politische Haltung. Aber angesichts der Flut von Nackten, die wir heutzutage an jedem Zeitungskiosk, im Kino, im Fernsehen, ja sogar im Theater präsentiert bekommen, können wir wohl davon ausgehen, inzwischen befreit zu sein. Und dürfen uns endlich wieder anziehen!

Da sage noch mal einer, wir lebten in einer profanen Warenwelt! Wer so was behauptet, hat noch nie einen dieser Kataloge in den Händen gehalten, deren Angebot nicht nur immer wieder von Neuem erstaunt, sondern auch literarisch höchst wertvoll präsentiert ist. Als erklärte Liebhaberin von Katalogen möchte ich Ihnen nicht vorenthalten, welche Perlen der Sprachkunst ich in meinem Lieblingskatalog gefunden habe:

Decken Sie Ihren Tisch wie am Zarenhof – mit feinstem Tafeltuch aus Russischem Leinen. Das prachtvolle, florale Dessin dieser Decke wird auf museumsreifen Webstühlen eingewebt.

Spüren Sie den Hauch der Geschichte, die Ahnung von Ewigkeit, die aus diesen Worten zu uns spricht? Mit dieser Tischdecke werden wir Teil der Weltgeschichte, und unser sinnloses Dasein erhält endlich Bedeutung.

Vom russischen Zarenhof geht es nach Frankreich: *Dekorieren Sie Ihr Ambiente elegant wie die feinsten Pariser Modehäuser – mit Seidenblumen. So echt, dass man glaubt, ihren Duft zu atmen.*

Wow! Da schaut man sich in der eigenen Bude um

und denkt: Hey, das ist nicht einfach eine Drei-Zimmer-Wohnung, das ist ein Ambiente! Jawohl! Und das dekorieren wir jetzt so was von elegant, auch wenn die Seidenblumen einen ziemlich stolzen Preis zwischen 45 und 190 Euro haben. Und damit unsere Kinder das elegante Ambiente nicht mit ihren Dreckschuhen versauen, erstehen wir gleich noch eine Fußmatte, die uns mit folgenden Worten beschrieben wird: *Elegantes Entrée. Unerbittlich auch gegen groben Schmutz. Die Gummimatte mit elegantem Akanthus-Relief sammelt gierig Schmutz – ohne selbst zur Schmutzmatte zu werden.*

Ist es nicht ergreifend? Sogar die Fußmatte bringt Eleganz in unser einfaches Heim, und sie kann etwas, wovon wir ein Leben lang träumen: Mit Schmutz in Berührung kommen, ohne dabei selbst beschmutzt zu werden. Und gierig darf sie sein, und wird dafür noch gelobt! Man könnte neidisch werden.

In unserem nunmehr eleganten Zuhause mit gieriger Fußmatte soll natürlich auch der Hund standesgemäß residieren, und zwar in *einer Designervilla, entworfen von dem renommierten Designer Michael Young. Jetzt wohnt Ihr Hund im großzügigen Ein-Raum-Apartment mit Freitreppe und überdachter Terrasse. Die separate Treppe erleichtert auch Welpen oder älteren Hunden den Zutritt zum Haus. Die Fensterbank stützt bequem Pfoten und Schnauze.*

Da scheint der Preis von 475 Euro für ein orangefarbenes Plastikgebilde, das aussieht wie eine umgekippte Kinderbadewanne, fast untertrieben, oder?

Sobald wir unsere vier Wände verlassen, zählt natürlich das richtige Schuhwerk. Da gibt es nur eines:

Stiefel aus butterweichem Elchleder. Wie in einem Buch lässt sich in der Struktur des Leders »lesen« – Druckstellen zeugen von Bissen und den Kämpfen des Elchs, kleine Narben von Insektenstichen.

Ist es nicht faszinierend? Bisse und Kämpfe! Die wilde, ungezügelte Natur, und trotzdem butterweich. Wer solche Kontraste zu vereinen weiß, ist zweifellos ein Sprachkünstler.

Gut ist, wenn wir bei unseren Ausflügen die *Bognertasche mit Innenbeleuchtung* mit uns führen. Denn in dieser Tasche ist eine Lasche angebracht, *die Sie immer ganz leicht ertasten – ohne hinzusehen. Drücken Sie darauf – schon erscheint der Tascheninhalt in neonblauem Licht.*

Wie hier *Tasche* und *Lasche* kunstvoll verbunden zu *neonblauem Licht* werden, das ist schon bemerkenswert. Man glaubt, den Drang des Verfassers zu Höherem zu spüren, und eigentlich erwartet man für die nächste Ausgabe des Kataloges Produktbeschreibungen in gereimter Form.

Mein Lieblingsstück ist übrigens der *Ionen-Haartrockner*. Denn: *Er halbiert die nutzlose Zeit beim Haaretrocknen.*

Da sind Sie platt, was? Die nutzlose Zeit zu halbieren, das haben schon große Geister vergeblich versucht. Und hier schafft es ein einfacher Föhn, der obendrein die Haarstruktur verbessert und seidigen Glanz ins Haar bringt.

Für diejenigen, die sich bei all diesen unwiderstehlichen Angeboten finanziell übernommen haben, bleibt zum Glück: *Ihr Fluchtweg für den Ernstfall. TÜV-geprüft. Diese Rettungsleiter kann Sie und Ihre Familie schnell außer Gefahr bringen. Zusammengelegt wird die patentierte Leiter so klein wie ein Aktenkoffer. So liegt sie immer griffbereit im Schrank oder unter Ihrem Bett.*

Dann nix wie weg, wenn der Gerichtsvollzieher kommt. Aber den Katalog nicht vergessen!

Die Frau im Schrank

In meinem Schrank wohnt eine Frau. Es ist eine Frau mit einem ganz eigenen Geschmack. Sie trägt enge Dreiviertelhosen, ausgeschnittene T-Shirts, kurze Röcke und hohe Schuhe – alles Sachen, die ich nicht trage. Die ich zwar gerne tragen würde, die mir aber leider nicht stehen. Diese Frau sieht so aus, wie ich gerne aussehen würde: Sie ist ungefähr zehn Zentimeter größer als ich, hat lange, schlanke Beine und einen deutlich größeren Busen. Sie hat die Fähigkeit, stundenlang in eleganten, hochhackigen Schuhen herumzugehen, ohne sich den Fuß zu verstauchen oder Blasen zu kriegen. Wenn sie Röcke trägt, schlägt sie damenhaft die Beine übereinander, Dreiviertelhosen enden bei ihr in der Mitte der Wade und nicht am Knöchel, und ihr T-Shirt-Dekolleté ist gut gefüllt. All das ist bei mir leider nicht der Fall, was ich gelegentlich vergesse. Dann glaube ich, diese Frau zu sein, die ich gerne wäre, und kaufe für sie ein. Ich denke die ganze Zeit, ich würde für mich selbst einkaufen, aber noch während ich bezahle, weiß ich, dass ich die Sachen niemals tragen werde.

Wie eine unsichtbare Zwillingsschwester begleitet sie mich schon seit meiner Kindheit (da war sie natürlich auch noch ein Kind). Schon damals wünschte ich mir geblümte Kleider, die ich dank der Großzügigkeit meiner Eltern auch bekam – und fast nie trug. Wenn ich die Kleider im Geschäft sah, fand ich sie wunderschön. Ich fühlte mich wie ein Mädchen, das geblümte Kleider tragen konnte, ja tragen m u s s t e. Kaum wieder zu Hause, wusste ich wieder, dass ich ein Mädchen für Hosen und Pullis war. Ich wäre so gerne dieses Mädchen gewesen, zu dem die geblümten Kleider passten. Damals richtete sich das andere Mädchen in meinem Schrank ein und führt seither eine Parallel-Existenz zu meiner.

Es bekam Lackschuhe und Faltenröcke, später Hot Pants und rückenfreie Tops, es bekam massenhaft Plateau-Schuhe, Blusen mit flatterigen Ärmeln und taillenbetonte Sommerkleider. Kurz, es bekam all die angesagten Klamotten, die ich mir wünschte, in denen ich mich aber fühlte, als wäre ich nicht ich selbst. Ich trug sie ein-, zweimal und versenkte sie danach traurig in den Tiefen meines Schrankes.

Schlimm wurde es, wenn ich Freundinnen hatte, die so waren wie das andere Mädchen. Die trugen all die Kleider und Schuhe, von denen ich träumte, sahen hinreißend darin aus. In diesen Zeiten triumphierte das andere Mädchen, denn es bekam so viele Klamotten wie nie zuvor, während ich wieder zu Jeans und Pulli zurückkehrte.

Je älter ich werde, desto kürzer halte ich das andere Mädchen, das natürlich auch längst eine Frau von siebenundvierzig Jahren geworden ist. Zum Glück weiß ich inzwischen besser als früher, was mir steht und was nicht, und die Anzahl meiner Fehlkäufe wird geringer. Nur bei manchen Sachen lässt die andere Frau einfach nicht locker: So hat sie mich all die Jahre genervt, sie wolle endlich ein Abendkleid. Nie könne sie zu all den Filmpreisverleihungen und Wohltätigkeitsbällen gehen, zu denen wir eingeladen seien, weil in unserem Schrank außer ein paar schwarzen Hosenanzügen absolut nichts hängt, was auch nur entfernte Ähnlichkeit mit Abendgarderobe hätte. Mir kommt das natürlich entgegen, weil ich auf Filmpreisverleihungen und Wohltätigkeitsbälle eh nicht so stehe, aber die andere Frau gibt einfach keine Ruhe.

Als dann die Talkshow »3 nach 9« ihr dreißigjähriges Jubiläum feierte und mein Kollege und ich – er im Smoking, ich im Abendkleid – durch die große Gala mit Musik und illustren Gästen führen sollten, da triumphierte die andere Frau. Gemeinsam fuhren wir nach Berlin zu einer Designerin, die ein Abendkleid für uns schneidern sollte. Ich habe mich dann einfach gegen die andere Frau durchgesetzt und ein Kleid bekommen, das ich auch tragen kann. Sonst hätte sie ja die Gala moderieren müssen!

Geschmackssache

Über Geschmack lässt sich nicht streiten? Von wegen! Über Geschmack lässt sich hervorragend streiten, nur meist ohne Ergebnis, weil jeder glaubt, den guten Geschmack für sich gepachtet zu haben. Ich glaube das übrigens auch. Und weil ich nicht mehr zusehen kann, wie die Welt in Geschmacklosigkeit versinkt, werde ich nun versuchen, was alle vermeintlich Geschmackssicheren versuchen: den Rest der Welt zu missionieren.

Hier folgt also eine Liste von Geschmacklosigkeiten, die meiner Meinung nach abgeschafft gehören. Wenn Sie meine Meinung teilen, können wir uns ja zwecks Gründung einer Geschmacksrettungs-Bürgerinitiative zusammenschließen.

Ich finde geschmacklos:

- Pizza Hawaii. Was, zum Teufel, haben Ananasscheiben auf einem neapolitanischen Teigfladen verloren?
- Laminat-Boden. Kunststoff, der so tut, als wäre er Holz? Dann lieber Dielen schrubben.
- Alles von Hermès. Wer will schon Pferdeköpfe auf dem Halstuch oder goldene Trensen an der Hand-

tasche? (Mal abgesehen von den obszönen Summen, die der Kitsch kostet.)

- Mozzarella-Eis. Lasst den Käse auf der Pizza und nehmt die Ananas für die Eiskrem.
- Deutschen Filterkaffee. Warum trinkt überhaupt noch ein Mensch dieses magenschleimhautkillende Ekelgebräu, wo man an jeder Ecke köstlichen, italienischen Espresso und Cappuccino findet?
- Kondensmilch. Mit ihr zusammen erfüllt der Filterkaffee den Straftatbestand der vorsätzlichen Körperverletzung.
- Münztoiletten bzw. ihre Betreiber. Wer Menschen böswillig in demütigende Notlagen bringt (wer hat schon die passende Münze dabei, wenn's dringend ist), dem gehören die Bürgerrechte entzogen.
- Plastikgartenmöbel. Die lieblichsten Landschaften, die schönsten Gärten, die einladendsten Restaurants – überall steht der genormte Plastikstuhl und zerstört jede Atmosphäre. Auf Herstellung, Vertrieb und Aufstellung sollte Gefängnis stehen.
- Cremefarbener Lippenstift. Damit sehen wir aus wie Wasserleichen. Kann nur von einem Frauenhasser erfunden worden sein, den man dafür auspeitschen sollte.
- Zu Krallen gezüchtete Fingernägel, am besten noch bunt lackiert. Aaaargh! Wenn ich mir vorstelle, was sich darunter alles ansammelt! Und dann wird damit beim Metzger die Wurst ohne Handschuhe geschnitten! Zuchthaus!
- Perserteppiche. Teure und (meistens) scheußliche Staubfänger, oft von Kindern angefertigt, die gnadenlos ausgebeutet werden. Boykottieren!

- Männer mit Sandalen. Noch besser: Männer mit Socken in Sandalen. So dürfen nur Pfleger in der Psychiatrie rumlaufen.
- Auf alt getrimmte Jeans, die schon Löcher haben, wenn man sie kauft. Das ist Verrat an Sex and Drugs and Rock 'n' Roll. Also, an allem, was uns in der Jugend heilig war.
- Kalorienreduziertes Junkfood. Entweder man sündigt, oder man lässt es. Aber so tun, als würde man sündigen … nein, danke. Dann lieber echte Enthaltsamkeit, die kann auch high machen.
- Handy-Hüllen. Stehen auf einer Ebene mit kunstpelzbezogenen Lenkrädern oder PC-Tastatur mit Plastikschoner. Verraten den Zwangsneurotiker, der beim Sex versucht, den Partner in ein Ganzkörperkondom zu stecken.
- Vierradgetriebener Geländejeep in der Großstadt. Schließlich fährt man auch nicht mit dem Mercedes über die Kuhweide.
- Kinderparfüm. Gibt's was Widersinnigeres, als den wundervollen Duft eines frisch gewaschenen Kindes mit penetrantem Chemiegeruch zu übertönen?
- Krokolederhandtaschen. Nicht, dass ich viel für Krokodile übrig hätte. Aber seine Feinde zu Handtaschen zu verarbeiten, zeugt einfach von niedriger Gesinnung.

Kult hingegen sind: Wackeldackel auf der Autoablage, Gartenzwerge auf der Terrasse und röhrende Hirsche überm Designersofa. Wie, finden Sie nicht? Tut mir Leid, über Geschmack lässt sich eben doch nicht streiten!

Liebeskummer

Ich habe Liebeskummer. Abends liege ich manchmal im Bett und weine, weil ich so sehr liebe und so wenig wiedergeliebt werde. Der Mann, den ich unglücklich liebe, lässt mich seit geraumer Zeit spüren, dass er meine Liebe lästig findet, ja, dass sie ihm regelrecht unangenehm und peinlich ist.

»Fass mich nicht an!«, befiehlt er, wenn ich mich ihm in der Absicht nähere, ihn zu umarmen. »Lass mich in Ruhe!«, heißt es, wenn ich eine Unterhaltung mit ihm führen, etwas aus seinem Leben erfahren oder einfach nur bei ihm sein will.

Gnädig lässt er mich seine Wäsche waschen und seine Mahlzeiten zubereiten, nur unwillig geht er mir zur Hand, wenn ich ihn um etwas Mithilfe bitte. Seine Freizeit plant er längst ohne mich, seine Interessen haben nichts mit meinen zu tun, seinen Freundeskreis würde er mir am liebsten gänzlich vorenthalten.

Es gibt nur einen Moment am Tag, in dem ich ihn für mich habe, in dem er sich nicht gegen mich wehren kann, in dem ich mir einen schnellen Kuss auf seine Wange erschleiche: morgens, wenn er noch schläft, kurz bevor ich ihn wecke, damit er zur Schule gehen kann.

Dass mein Sohn erwachsen werden und mich eines Tages verlassen würde, war mir schon in der Stunde seiner Geburt bewusst. Aber damals dachte ich, bis es so weit wäre, würden ungefähr hundert Jahre vergehen.

Es waren nur vierzehn, und nun ist er einen halben Kopf größer als ich, trägt Schuhgröße 43 und sein Haar lang, und seine Stimme ist so tief, dass er am Telefon mit seinem Vater verwechselt wird. Mit diesem Vater teilt er nur noch eines: den Rasierapparat. Ansonsten behandelt er ihn – ebenso wie mich – voller Verachtung.

»Du hast doch bloß Minderwertigkeitskomplexe, weil du so klein bist«, erklärte er ihm während eines Streits darüber, ob er mitten in der Woche ein Fußballspiel im Fernsehen ansehen darf, obwohl am nächsten Tag eine Schularbeit auf dem Programm steht. Und bei einem der seltenen gemeinsamen Familienabendessen, zu denen er sich noch herablässt, kontert er eine kritische Bemerkung seines Vaters mit dem Spruch: »Wieso bist du denn so frustriert, hat die Mama dich wieder nicht rangelassen?«

Noch während ich überlege, ob ich empört sein oder mit einem Lachanfall reagieren soll, steht unser Sohn auf und verlässt den Tisch mit seinem Lieblingssatz: »Ihr seid doch einfach asozial!«

Dass man die Pubertätszeit nur mit einer geballten Ladung Humor und der Fähigkeit, die Ohren auf Durchzug zu stellen, überlebt, kann man jedem einschlägigen Ratgeber entnehmen. Aber nirgendwo steht, wie man mit dem Schmerz fertig wird, den diese ständigen Zurückweisungen hervorrufen. Ich komme mir wirklich vor wie früher, wenn ich rettungslos in einen Jungen verliebt war, der mir unmissverständlich zu verstehen gab, dass er sich nicht die Bohne für mich interessiert.

Ebenso hartnäckig wie aussichtslos biete ich auch meinem Sohn heute meine Liebe und Fürsorge an (»Soll ich dir einen Milchkaffe machen? – Möchtest du den Sportteil? – Hast du schon überlegt, wie du deinen Geburtstag feiern willst?«), und immer wieder lässt er mich auflaufen, mit dem fast sadistischen Vergnügen dessen, der sich bedingungslos geliebt weiß.

Ganz plötzlich kann es dann passieren, dass er mich zärtlich umschmeichelt, mir den Arm um die Schulter legt und fragt: »Na, Mama, wie geht's dir?« Dann weiß ich, dass allergrößtes Misstrauen angebracht ist. Dieses Verhalten entspricht ungefähr dem schmeichlerischen Um-die-Beine-Streichen unseres Katers. Der ist genau so lange zärtlich, bis er sein Fressen im Napf hat. Bei meinem Sohn ist es nicht anders: Kaum hat er seine neue Telefonkarte, mehr Taschengeld oder die Erlaubnis, auf eine Party zu gehen, wendet er sich wieder von mir ab.

Auf jeden Fall habe ich inzwischen begriffen, wozu die Pubertät da ist. Nicht, damit sich die Kinder von den Eltern lösen – nein, dazu, dass die Eltern sich von den Kindern lösen! Wenn die Kinder so lieb und süß blieben, wie sie es als Kleine waren, würde man sie niemals hergeben. Man würde sie zwingen, weiter zu Hause zu wohnen, würde verhindern, dass sie jemals Partner oder Partnerin fänden, würde sie weiter bemuttern und bevatern.

Aber wenn sie garstig sind, wie oftmals in der Pubertät, kommt einem doch der Gedanke, dass es auch ganz schön sein könnte, wenn sie eines Tages das Elternhaus verlassen würden.

Auch, wenn ich mir das in meinem Liebeskummer jetzt noch gar nicht vorstellen will …

Es ist schön, wenn Menschen sich für etwas engagieren. Es ist nicht schön, wenn sie dabei zu Fanatikern werden, die sich so sehr in ein Thema verbeißen, dass sie keine andere Haltung mehr gelten lassen können. Nehmen wir die Nichtraucher. Oft sind das Menschen, die selbst mal geraucht haben und nun stolz darauf sein können, es nicht mehr zu tun. In der Regel sind sie friedlich, sehen nachsichtig lächelnd auf ihre immer noch rauchenden Mitmenschen herab und freuen sich im Stillen, dass sie sich aus den Klauen der Nikotinsucht befreien konnten. Unter ihnen aber gibt es eine militante Minderheit, die sich dem Kampf gegen das Rauchen verschworen hat, als ginge es um das Überleben der gesamten Menschheit, die einen heiligen Krieg gegen jeden führt, der nicht ebenso radikal denkt wie sie selbst.

Nach fast jeder Sendung der Talk-Show »3 nach 9« darf ich Bekanntschaft mit einigen von ihnen machen: Ich werde mit E-Mails bombardiert, in denen ich aufgefordert werde, dafür zu sorgen, dass die Gäste während der Sendung nicht rauchen. Würde ich dieses Verbot nicht durchsetzen, machte ich mich nicht nur den jugendlichen Zuschauern gegenüber schuldig, die – verführt vom schlechten Beispiel – sofort zur Zigarette griffen, nein, ich fügte auch meiner eigenen Gesundheit Schaden zu, da ich ja passiv mitrauchen müsste. Ja, ich sei sogar mitschuldig am Tod Hunderttausender von Passivrauchern.

Mal abgesehen davon, dass das Durchschnittsalter der 3 nach 9-Seher deutlich über fünfzig liegt und die Gefahren des Passivrauchens sich in einem gut belüfteten 500-qm-Studio vermutlich in Grenzen halten: Ebenso wenig, wie ich meinen Gästen zu Hause das Rauchen verbieten würde, verbiete ich es ihnen in meiner Sendung. Gastfreundschaft bedeutet, seinen Gästen einen schönen Abend zu bereiten. Wenn es für einen Raucher zu einem schönen Abend gehört, dass er rauchen kann, dann soll er es dürfen, sonst darf ich ihn nicht einladen.

Einige meiner besten Freunde sind Raucher – soll ich ihnen vielleicht die Freundschaft kündigen? Am Ende bin ich dann auch einer von den miesepetrigen Nichtrauchern, die keine Freunde mehr haben, aber dafür umso mehr Zeit, belehrende E-Mails zu verschicken.

Um eines klarzustellen: Rauchen ist erwiesenermaßen schädlich und gefährlich, und ich denke nicht im Traum daran, diese Tatsache zu leugnen. Aber erstens weiß das inzwischen jedes Kind, und trotzdem wird weitergeraucht. Zweitens gibt es eine Menge Dinge, die auch schädlich oder gefährlich sind; Autofahren zum Beispiel, zu viel Fernsehen oder der massenhafte Verzehr von minderwertigen Lebensmitteln, wie sie in jedem Supermarkt verkauft werden.

Komischerweise habe ich noch nie eine E-Mail von

einem militanten Nicht-Autofahrer erhalten, der mich aufgefordert hätte, dafür zu sorgen, dass unsere Gäste auf dem Fahrrad anreisen, obwohl der weltweite Ausstoß von Kohlenmonoxyd garantiert größere Schäden anrichtet als der gesamte Zigarettenrauch zusammen. Auch die radikalen Nicht-Fernsehgucker haben sich bei mir noch nicht gemeldet, dabei weiß jeder, dass Dauerglotzen blöd, fett und gewalttätig machen kann. Auch die Anti-Chips-Cola-Hamburger-Schokoriegel-Fraktion verhält sich merkwürdig still, dabei haben die Schäden, die durch falsche Ernährung entstehen, die schädlichen Folgen des Rauchens längst eingeholt. Der entscheidende Unterschied ist aber: Die Schädlichkeit des Rauchens ist hinreichend bekannt, schließlich steht inzwischen auf jeder Packung, dass Rauchen tödlich sein kann. Einen ähnlichen Aufdruck auf Schokoriegeln, Cola-Dosen, Hamburger-Schachteln, Autos oder Fernsehgeräten habe ich noch nicht entdecken können. Jeder Raucher weiß also, was er tut, und es ist nicht meine Sache, ihn davon abzubringen.

Liebe Nichtraucher, verschont mich bitte zukünftig mit eurer Mission! Ich selbst rauche seit 15 Jahren nicht mehr. Als erwachsener Mensch möchte ich aber bitte selbst entscheiden, wie ich mich Rauchern gegenüber verhalte. Für mich ist Toleranz eine ebenso wichtige Tugend wie Rücksichtnahme. Wenn die Raucher rücksichtsvoll sind und die Nichtraucher tolerant, können sie friedlich zusammenleben, ohne den anderen mit ihrer Überzeugung terrorisieren zu müssen. Vielen Dank für Ihr Verständnis!

Eigentlich sind wir doch alle vernünftige, rational denkende Menschen, die genau wissen, dass es keine Geister, keine Vorsehung, keine Hellseherei und keine Zauberei gibt. Warum gießen wir trotzdem an Silvester Blei und waschen am Aschermittwoch unser Portemonnaie in einem Brunnen aus? Warum versuchen wir, beim Straßenpflaster auf die Platten zu treten und nicht dazwischen, warum glauben wir steif und fest, dass manche Gegenstände eine magische Kraft haben, und warum kann es einfach kein Zufall sein, wenn unsere Freundin genau dann anruft, wenn wir gerade an sie denken?

Den Zufall mögen die meisten Menschen ohnehin nicht besonders, weil durch ihn auch unangenehme Ereignisse immer dann eintreten, wenn man nicht mit ihnen rechnet. Das verunsichert und macht Angst. Aus heiterem Himmel kann uns eines jener Unglücke treffen, die doch eigentlich immer nur anderen passieren. Deshalb versuchen wir, in solchen Vorfällen einen verborgenen Sinn zu sehen.

Wenn auf dem Weg zu einem Vorstellungsgespräch unser Auto kaputtgeht, kann das nur bedeuten, dass der Job nicht der richtige für uns ist. Wenn wir bei der ersten Verabredung mit einem Mann versehentlich an der falschen U-Bahn-Station aussteigen, stimmt sicher mit dem Mann etwas nicht, und eine gnädige Vorsehung wollte uns warnen. Wenn wir gerade einen Namen für unser Baby suchen und innerhalb einer Woche dreimal auf den Namen Lukas stoßen, muss das etwas zu bedeuten haben.

Besonders ungern überlassen wir dem Zufall wichtige Entscheidungen des Lebens, obwohl wir auch nach gründlicher Abwägung aller Aspekte niemals sicher sein können, die beste Wahl getroffen zu haben. Wer kann schon wissen, ob die Gegend, in der wir ein Haus bezogen haben, nicht demnächst von einem schweren Sturm zerstört oder durch auslaufende Giftfässer unbewohnbar wird? Niemand kann uns voraussagen, ob unser Kind auf der von uns gewählten Schule ein glänzendes Abitur oder eine Drogenkarriere machen wird. Und ob wir für den Urlaub besser das eine oder das andere Hotel buchen sollten, ist eine für uns nicht lösbare Frage, weil wir beide nicht kennen.

Untersuchungen zeigen, dass in solchen Fällen der Zufall ebenso gute, wenn nicht bessere Entscheidungen trifft als der Mensch. Da wir unseren ganzen Ballast an Vorurteilen, Erwartungen und subjektiven Bewertungen mit uns herumschleppen, ist die Gefahr, dass wir Fehler machen, höher, als wenn wir dem Zufall das Spiel überlassen. Aber wer will schon wahrhaben, dass wir viel weniger Kontrolle über unser Leben haben, als wir glauben.

Wie sagte schon der Dichter Rainer Maria Rilke: »Jeder Tag soll und muss einen Sinn haben, und erhalten soll er ihn nicht vom Zufall, sondern von mir.«

Am wenigsten wollen wir an den Zufall glauben, wenn es um die Liebe geht. Das war doch eindeutig Schicksal, dass wir unserem Liebsten begegnet sind, genau an diesem Tag und an jenem Ort! Wollten wir nicht eigentlich an dem Abend zu Hause bleiben und »Wetten, dass …?« gucken, und nur weil unsere Freundin so gedrängt hat, haben wir uns vom Sofa gerollt und – als hätten wir etwas geahnt – unser schickstes Kleid angezogen, und dann sind wir nicht in unsere Stammkneipe gegangen, sondern – als hätte uns eine innere Stimme geleitet – in die Bar gegenüber, und da stand er, der Mann unserer Träume, und hat nur auf uns gewartet! Wenn da nicht die Götter persönlich ihre Hand im Spiel hatten!

Ein anderes, schönes Beispiel für das Misstrauen des Menschen in den Zufall ist die Geschichte vom Bauern Franz, der jahrelang jeden Sonntag in die Kirche geht und Gott um einen Lottogewinn anfleht. Eines Sonntags betet er wieder einmal: »Bitte, lieber Gott, schick mir einen Lottogewinn, du weißt, ich brauche das Geld, um Kühe und Schafe zu kaufen, und die Kinder brauchen neue Schuhe.« Da wird es plötzlich dunkel, der Himmel tut sich auf, und Gottes Stimme donnert: »Himmelherrgottsakrament, Franzl, dann tu mir den Gefallen und spiel endlich einmal Lotto!« Also: Vertrauen Sie öfter mal dem Zufall, dabei können Sie eigentlich nichts falsch machen!

Ekelschwelle

»Igittt! Geh weg!« – Noch immer höre ich den Entsetzensschrei meines jüngeren Bruders und sehe sein verzerrtes Gesicht vor mir, wenn meine Mutter mit ihrer geschlossenen Faust, in der sich eine gerade gefangene Spinne befand, vor seinem Gesicht herumfuchtelte. Vor Spinnen ekelte er sich so sehr, dass meine Mutter ihm alles Mögliche damit abpressen konnte. So wurde das Krabbeltier zu einem gern eingesetzten Erziehungsmittel, wenn sonst nichts mehr half. Erst vor kurzem gestand meine Mutter, dass sie häufig nur so getan habe, als hielte sie eine Spinne in der Hand. Mein Bruder knirscht heute noch mit den Zähnen, wenn er sich klar macht, wie viele Male er ganz umsonst sein Zimmer aufgeräumt und den Esstisch gedeckt hat!

Ich persönlich würde Spinnen nicht unbedingt in die Hand nehmen, aber an der Wand stören sie mich nicht weiter. Kakerlaken finde ich weitaus ekliger, auch Tausendfüßler finde ich grässlich, weil ich mir immer vorstelle, sie könnten nachts, während ich schlafe, in meine Nase oder meine Ohren kriechen. Richtig zum Schütteln finde ich Schlangen, sofern sie sich nicht hinter der dicken Glasscheibe eines Terrariums befinden. Dort hingegen studiere ich sie fasziniert, denn das Abstoßende ist ja immer auch in gewisser Weise anziehend.

Ich habe eine Freundin, die graust sich vor Vögeln, und zwar vor harmlosen Spatzen ebenso wie vor Tauben, Möwen oder Adlern. Es ist eine Mischung aus Angst und Ekel, und sie kann absolut nichts dagegen tun. Gleichzeitig greift sie ungerührt ihrem röchelnden Hund in den Rachen und zieht ihm einen halb vermoderten Knochen raus – ein Anblick, bei dem ich Mühe habe, mich nicht zu übergeben.

Meine Tochter ekelt sich so sehr vor Nacktschnecken, dass sie an Regentagen nicht zur Schule gehen will. Habe ich sie endlich überredet, springt sie auf der Straße panisch von einem Fuß auf den anderen, um bloß nicht auf eine Schnecke zu treten. Gleichzeitig wischt sie sich beim Essen gern den Mund am eigenen T-Shirt ab, was wiederum bei mir Ekelanfälle auslöst. Ebenso wie das Nasehochziehen, eine Lieblingsbetätigung meines Sohnes, der sich aber nicht scheut, zur gleichen Zeit die »total widerlichen« Tischmanieren seiner Schwester anzuprangern.

Manche Menschen zahlen eine Menge Geld für Delikatessen wie frische Austern, andere halten sie für einen schleimigen Schluck Meerwasser und würden für keine Summe der Welt etwas so Scheußliches essen. Viele Leute verspeisen mit Genuss Leberpastete oder Gelbwurst, ekeln sich aber vor einem gebratenen Stubenküken, weil es sich erkennbar um ein Tier handelt. Wieder andere haben nicht das geringste Problem mit Fischstäbchen oder Schlemmerfilet à la Bordelaise – wenn aber ein ganzer toter Fisch von ihrem Teller vorwurfsvoll zu ihnen hochglotzt, verschlägt es ihnen den

Appetit. Ich bin da übrigens keine Ausnahme: Glibberigen, rohen Tintenfisch finde ich absolut ekelig – gebraten mit Knoblauch und Petersilie gehört er zu meinen Lieblingsgerichten.

Für manche Menschen ist das ganze Leben ein Kampf gegen ihre persönliche Ekelschwelle. Wer einmal anfängt, sich vorzustellen, wovor man sich alles ekeln könnte, wird seines Lebens nicht mehr froh. Ich habe einen Kollegen, der nur mit Sagrotan-Spray im Gepäck reist und keine Türklinke anfasst, ohne ein Papiertaschentuch darumzuwickeln. Der gleiche Herr wäre fast einmal auf seinem Hotelbett verhungert, weil er versehentlich seinen linken Schlappen zu weit weg geschleudert hatte und nicht auf den Teppichboden treten wollte.

Am schlimmsten aber sind junge Mütter, denn die finden gar nichts ekelhaft. Mit Ausrufen der Begeisterung quittieren sie den Anblick voller, stinkender Windeln, hingerissen sehen sie zu, wie ihre Babys Karottenbrei durch die Gegend spucken und lecken den Kleinen auch schon mal die Reste vom Mund ab. Mein Mann erzählt heute noch gern die Geschichte, wie wir mit unserem wenige Wochen alten Leo in einem Gartenlokal saßen und ich beim Blick in sein winziges Näschen verzückt ausstieß: »Schau nur, was für ein riesiger Popel!«

Der Gesichtsausdruck der Leute, die mit am Tisch saßen, war mit Geld nicht zu bezahlen.

Immer nett im Internet

Jetzt ist es passiert. Was Zigaretten, Rum-Marzipan-Datteln, Mandelschokolade, Gummibärchen, Rotwein und die Liebe nicht geschafft haben, das hat das Internet geschafft: mich zur Süchtigen zu machen.

Ungefähr zehnmal am Tag (manchmal auch öfter) tippe ich * * * * * * ein (mein Passwort), und schon öffnet sich das Tor zu einer fantastischen Welt. Zuerst natürlich: »Sie haben 28 neue Mails.« Juchhuuh, so viel Post, ist das nicht toll? Und schon geht's los:

»Verlängern Sie Ihren Penis in nur 18 Tagen!« Oh, vielen Dank, das hatte ich schon lange vor.

»Viagra ohne Rezept, schnell und günstig!« Na, so eine Gelegenheit!

»Das Paris-Hilton-Sex-Video!« Das war es, was mir definitiv gefehlt hat.

»Tragen Sie in Heimarbeit endlich Ihre Schulden ab!« Das mache ich schon seit Jahren. Sitze zu Hause und schreibe. Schulden habe ich immer noch.

»Kaufen Sie jetzt – zahlen Sie später!« Hah! Darauf falle ich nicht mehr rein. Was glaubt ihr, wo meine Schulden herkommen?

Click – schon bin ich auf meiner Lieblingsseite: Ebay. Mal sehen, wie es um die Pink-Konzertkarten, die

Designer-Handtasche und das CD-Regal steht, auf die ich geboten habe. Aber hallo, was ist denn das? »4 nette Girls mit Bierkasten.« Wie bitte? Die kann man ersteigern? Ist doch nicht zu fassen. Und was ist mit »4 nette Kerle mit Champagnerflasche«?

Die Suchanfrage ergibt nichts, aber sonst findet sich fast alles; von Gartenscheren über erotische Unterwäsche bis zu Gemälden und Motorrädern; einen Augenblick liebäugle ich mit einer silberfarbenen Ducati Emozione, bis mir einfällt, dass ich überhaupt nicht Motorrad fahren kann. Aber, wie wär's mit einem Käfer-Cabrio von 1973, derzeitiges Gebot 2275 Euro? Ein Wahnsinn, mit einem simplen Mausclick mal eben ein Auto erwerben zu können! Vergessen ist meine Leidenschaft für Katalogbestellungen; seit ich Ebay kenne, gibt's für mich nur noch eins: bieten, mehr bieten, überbieten!

Die Handtaschenauktion geht in die Endrunde, noch vier Minuten, jetzt heißt es, Nerven behalten. Noch bin ich die Höchstbietende, aber da, eine Minute vor Schluss, schnappt mir einer das Schnäppchen vor der Nase weg. Verdammt! Da hat wahrscheinlich jemand die verbotene »Sniper«-Software installiert, mit der man immer automatisch einem Euro über dem Höchstgebot liegt. Grrrr! HB-Männchen-Stimmung.

Die zwei Pink-Karten liegen inzwischen bei 151 Euro. Haben die Leute sie noch alle? Es sind schließlich nicht die Beatles! Bleibt das CD-Regal. Geht für einen Euro tatsächlich an mich. Leider Selbstabholung. Ich kalkuliere dreieinhalb Stunden Autofahrt bis zum Anbieter und zurück. Egal! Ebay bringt Leben in die Bude. Aufregung! Abenteuer! Adrenalin! Nach einer erfolgreichen Auktion fühle mich, als hätte ich die Bank im Casino gesprengt, auch wenn der antike Klavierhocker, den ich ersteigert habe, sich später als hölzerner Melkschemel entpuppt. Bei uns im Haus stapeln sich die ersteigerten Schnäppchen, die eigentlich keiner brauchen kann. Was tun mit dem Krempel? Na, klar: bei Ebay versteigern!

Nach erfolgreicher Auktionstätigkeit geht's rüber zum Chat. »Nette Leute treffen« steht auf der Einladung, und aufgeregt betrete ich den Chatroom, wo sich sieben Männer und Frauen über Enttäuschungen in der Liebe unterhalten. Staunend folge ich der Diskussion und merke schnell, dass dieses Forum vermutlich dazu dient, die nächste Enttäuschung anzubahnen. Nach ein bisschen Smalltalk geht's zur Sache, und die wird mir schnell zu heiß. Als ich ausloggen will, lädt mich »Bigchecker« ein, das Gespräch im Séparée fortzusetzen. Ich lehne dankend ab. Aber zu wissen, dass sich jemand interessiert gezeigt hat, verschafft mir doch ein angenehmes Prickeln. Heute Nacht träumt Bigchecker vielleicht von mir – einer langbeinigen, großbusigen, blondmähnigen Traumfrau … ach, schöne, neue Internet-Welt!

Manche sagen, es hört nie auf. Andere behaupten, im Alter würde es besser. Wieder andere, sie würden es überhaupt nicht kennen. Also, ich kenne es, es hat bisher nicht aufgehört, und mit dem Alter ist es nicht besser geworden.

Kaum weiß ich, dass ich vor mehr als zwei Personen etwas sagen soll, bekomme ich Schwitzehändchen und einen trockenen Mund. Ich tigere nervös durch die Gegend, kaue auf allem, was mir in die Quere kommt (Schokolade, Fingernägel, Notizpapier), und versuche verzweifelt, mich an all die Maßnahmen zu erinnern, die der Bekämpfung des leidigen Übels dienen sollen.

1) Tiiiiief durchatmen.
2) Hand aufs Sonnengeflecht (wo saß das noch mal?) und leicht massieren.
3) Sich die Gesprächspartner oder Zuhörer im Nachthemd vorstellen.
4) Sich selbst bei der Entgegennahme eines Preises für Rhetorik vorstellen.
5) Noch mal tiiiiief durchatmen.

Sie ahnen es, ich rede von Lampenfieber. LAMPENFIEBER!!!!!!

Die grauenhafte, lähmende Angst davor, dass man seinen Text vergisst, die Zuhörer einen auslachen, die Schwitzflecken unter den Armen unübersehbar sind, dass man beim Verlassen der Bühne über ein Kabel stolpert, kurz: dass man vor Aufregung sterben wird.

Fast jeder kennt Lampenfieber, kaum einer weiß, was wirklich dagegen hilft. Und wen es überfällt, der leidet daran ein Leben lang, auch wenn er tausend Mal erlebt hat, dass es gar keinen Grund dafür gibt. Man vergisst seinen Text nicht, keiner fängt an zu lachen, niemand bemerkt die Schwitzflecken, man stolpert nicht über ein Kabel und stellt schließlich überrascht fest, dass man lebend aus der Sache rausgekommen ist. All das erlebt man womöglich immer wieder, und trotzdem: Menschen, die einen erwartungsvoll anstarren, ein Mikrofon, womöglich noch eine Kamera, schon setzt der Fluchtreflex ein, und man möchte am liebsten nur eines: ganz schnell verschwinden.

Bei mir hat es schon in der Kindheit angefangen: Auftritte mit dem Chor, Ballettdarbietungen, Gedichtvorträge – alles verursachte mir Albträume. Jedes Referat im Studium wurde zur Mutprobe, und ich beneidete jene sorglosen Typen, die sich einfach hinstellen und drauflosreden, wie ihnen der Schnabel gewachsen ist. Die keine Spur nervös wirken, sondern den Eindruck vermitteln, es mache ihnen sogar Spaß.

Nein, Spaß hat es mir noch nie gemacht, aber nach

jedem öffentlichen Auftritt fühle ich mich wie eine Heldin. Ich habe es gewagt! Ich habe es geschafft! Und eigentlich war es gar nicht soooo schlimm. (Jedenfalls kommt es mir hinterher so vor.)

Dass ausgerechnet ich, die sich schon geniert, im Restaurant aufzustehen und aufs Klo zu gehen (weil mich dabei ja Leute ansehen könnten), beim Fernsehen landete, ist schon ein guter Witz.

Bei meiner ersten Probesendung klopfte mein Herz so laut, dass ich sicher war, jeder im Raum könnte es hören. Mir war schwindelig, in meinen Ohren rauschte es, ich war kurz vor einer Ohnmacht, und ich habe keine Ahnung mehr, was ich gesagt und getan habe, während die Kamera lief. Als es vorbei war, fühlte ich nur eine riesige Erleichterung, ungefähr so, als wäre ich einem Fluss voller Piranhas lebend entkommen.

Hinterher sagte man mir, ich hätte ja so ruhig gewirkt, und ob ich denn gar nicht aufgeregt gewesen sei. Aha, dachte ich, das ist ja interessant. Ich bin zwar halb tot vor Lampenfieber, aber offenbar merkt es keiner. Wenn es keiner merkt, ist es nicht so schlimm. Und wenn es nicht so schlimm ist, muss ich mich ja gar nicht so aufregen.

Und so wurde ich Fernsehmoderatorin. Mehr als einmal war ich kurz davor, einfach wegzulaufen. Neue Situationen oder Themen lassen meinen Adrenalinspiegel steigen. An manchen Tagen ist das Lampenfieber besonders schlimm, und ich weiß nicht mal, warum. Aber nach Hunderten von Sendungen mit Tausenden von Gästen hat sich zumindest die Gewissheit eingestellt, dass ich es irgendwie hinkriegen werde.

Manchmal frage ich mich immer noch, warum ich mir das eigentlich antue. Die Antwort ist einfach: weil Ängste dazu da sind, überwunden zu werden. Deshalb mein Rat: Tun Sie doch mal ganz bewusst etwas, wovor Sie Angst haben. Sie ahnen nicht, wie gut Sie sich fühlen werden, wenn Sie es geschafft haben!

Keine Liebe ohne Lüge

Liebende schwören sich alles Mögliche: sich niemals zu verlassen, einander nicht zu betrügen, sich nie zu belügen. Und natürlich ist jeder, während er schwört, davon überzeugt, sein Versprechen niemals zu brechen. Nichts erscheint einfacher, als dem Menschen, in den man gerade rettungslos verliebt ist, ewige Liebe, Treue und Ehrlichkeit zu schwören!

In der Praxis erweisen sich diese Vorhaben dann leider als schwierig: Jede dritte Ehe geht – ungeachtet aller Liebesschwüre – auseinander, in jeder zweiten Ehe ist mindestens einer der Partner mal untreu, und ohne kleine Notlügen kommt überhaupt keine Partnerschaft aus.

Es wird gelogen, um Konflikten aus dem Weg zu gehen, um den anderen nicht zu verletzen, weil man einen Fehler nicht zugeben kann, weil man sich schämt, oder weil man vor dem anderen besonders gut dastehen will.

Viele Liebeslügen werden aber auch einfach aus dem Wunsch heraus erzählt, den anderen glücklich zu machen. Nehmen wir die Geschichte von den Brötchenhälften: Der Mann mag die untere lieber, die Frau die obere. Beide glauben, dass der andere die gleiche

Hälfte bevorzugt wie sie selbst. Also schwindelt der Mann der Frau vor, er möge die obere lieber, und die Frau dem Mann, sie bevorzuge die untere, und beide essen vierzig Jahre lang die Brötchenhälfte, die sie weniger mögen.

Am häufigsten sind vermutlich die gut gemeinten Bett-Lügen: Frauen, die Männern ihren Orgasmus vorspielen. Männer, die sich jahrelang in der Missionarsstellung abrackern, obwohl sie viel lieber unten liegen würden. Frauen, die die Missionarsstellung über sich ergehen lassen, obwohl sie nur zum Höhepunkt kommen können, wenn sie oben sind. Männer und Frauen, die miteinander schlafen, obwohl sie schon längst keine Lust mehr aufeinander haben. Männer und Frauen, die *nicht* miteinander schlafen, weil sie glauben, sie seien zu alt, um ihre Lust noch zeigen zu dürfen.

Es gibt die gnädigen Lügen, wie die von der Frau, die mit ihrem schwer kranken Mann noch eine Weltumsegelung plant und ein Vermögen in die Ausrüstung steckt, obwohl sie weiß, dass der Mann demnächst sterben wird.

Oder die von dem Mann, der Gott und die Welt in Bewegung setzt, um einen Hund aufzutreiben, der genau so aussieht wie der Hund seiner Frau, der vergiftet wurde, während sie im Krankenhaus lag.

Manche Lügen zeugen von Größe; sie heben den Lügner über andere Menschen hinaus, machen ihn zum tragischen Helden. Wie die Frau, die weiß, dass ihr Mann betrunken einen Menschen totgefahren hat, und vor Gericht die Schuld auf sich nimmt. Oder der Schauspieler, der für den Mord an einem Bekannten lieber selbst ins Gefängnis geht, als seine inzwischen verstorbene Frau zu belasten, die in Wahrheit mit den Mördern unter einer Decke gesteckt hat.

Und dann gibt es Lügen, die so unwahrscheinlich klingen, dass man sie kaum glauben kann. Wie die von dem Vertreter, der fünfzehn Jahre lang zwischen zwei Ehefrauen hin- und herpendelt, bis ihn ein Herzinfarkt ereilt (kein Wunder) und beide Witwen bei der Beerdigung feststellen müssen, dass sie mit ihrem Schmerz um den verblichenen Gatten keineswegs allein sind. Die beiden Damen haben den Fall, nachdem sie den ersten Schock überwunden hatten, übrigens pragmatisch gelöst: Sie sind mit ihren fünf Kindern zusammengezogen und haben das Erbe geteilt. Manchmal siegt eben die Liebe über die Lüge.

Mein Videorekorder und ich

Acht Jahre lang war mein Videorekorder mein Videorekorder – jetzt sind wir geschiedene Leute. Acht Jahre lang habe ich versucht, ihn zu verstehen. Habe seine Gebrauchsanleitung studiert, habe mir kleine Merkzettelchen geschrieben, wann ich welchen Knopf drücken muss, damit er eine Sendung aufnimmt, wenn ich nicht zu Hause bin. Habe liebevoll seine Fernbedienung gestreichelt, ihm gut zugeredet. Es hat alles nichts geholfen.

Ich habe ihn nie verstanden, und er hat nie getan, was er sollte. Hat stur den Gehorsam verweigert und mir das Gefühl gegeben, ich wäre zu doof, ihn richtig zu behandeln. Er hat mich glauben lassen, dass er, wenn ich technisch nur etwas begabter wäre, alles für mich aufgenommen hätte, was ich mir gewünscht habe. Dass es nur an mir gelegen hätte, dass nie was auf dem Band war.

Wir waren einfach nicht füreinander geschaffen, mein Videorekorder und ich. Jetzt habe ich mich von ihm getrennt. Wahrscheinlich hat er mich sowieso die ganze Zeit zum Narren gehalten. Hat mir Schuldgefühle gemacht, dabei war er einfach nur zu kompliziert.

Und ich habe mich acht Jahre lang für dumm verkaufen lassen. Typisch Frau. Immer den Fehler bei sich suchen. Damit ist jetzt Schluss.

Vor einiger Zeit habe ich versprochen, meine Scheu vor der Technik zu überwinden. Zu lernen, meinen Rekorder zu programmieren, all die vielen Knöpfe und Tasten an all den elektronischen Geräten auswendig zu lernen, die mich umgeben. Ich habe dafür plädiert, die männlichen Vorurteile über weibliche Technikunfähigkeit nicht weiter zu untermauern, sondern der Welt zu beweisen, dass wir Frauen ebenso gut mit Handys, Digitalkameras, Computern und elektronisch gesteuerten Haushaltsgeräten umgehen können wie Männer.

Hiermit erkläre ich meine Kapitulation. Ich bin der Fülle der Technik nicht mehr gewachsen, und ich behaupte, dass es nicht an mir liegt, sondern an der Technik.

Sie macht mein Leben nicht, wie ich mal gedacht habe, leichter, sondern komplizierter. Die Zeit, die ich angeblich spare, wenn ich mich mit intelligenter Technik umgebe, geht locker bei dem Versuch drauf, diese Technik auch nur annähernd zu begreifen.

Ich verbringe Stunden damit, irgendwelche Handbücher zu studieren, die mir in Englisch, Französisch, Italienisch, Russisch und Koreanisch erklären, wie ich es schaffe, meinen neuen Herd dazu zu bringen, das Spaghettiwasser zu kochen. Bisher hat dafür das simple Drehen eines Schalters genügt, inzwischen empfiehlt sich ein Studium der Ingenieurswissenschaften.

Oder nehmen wir das Geburtstagsgeschenk, das

mein Mann mir in bester Absicht letztes Jahr gemacht hat, eine Digitalkamera, deren Vorteile er mir eindringlich pries: Schluss mit dem lästigen Filmeinlegen, endlich Sachen bei Ebay verkaufen, witzige Schnappschüsse in allen Lebenslagen – wie hatte ich bisher nur ohne Digi-Cam überlebt?

Nach fast einem Jahr kenne ich die Antwort: bestens. Ich brauche überhaupt keine Digitalkamera. Familienfotos will ich sowieso lieber als Papierabzüge, zum Einkleben ins Fotoalbum. Die Sachen für Ebay kann mein Sohn für mich fotografieren, der hat nämlich längst eine Kamera. Und witzige Schnappschüsse mache ich keine, weil ich meinen Mitmenschen nicht auf den Wecker gehen will. Ganz abgesehen davon, dass ich das Teil natürlich nicht bedienen kann, weil es unzählige Funktionen hat, die mich nur verwirren. Sehnsüchtig erinnere ich mich an meine erste Kamera, eine Kodak instamatic. Die hatte genau einen Knopf: den Auslöser. Und die Bilder waren auch nicht schlechter.

Ehrlich gesagt bin ich zu der Überzeugung gekommen, dass wir Frauen diese ganze Technik nicht verstehen *können*, und dafür gibt es einen simplen Grund: Weil sie von Männern entwickelt wurde.

Männliche Gehirne ticken anders als weibliche, dafür gibt es jede Menge – auch wissenschaftlicher – Beweise. Ist also logisch, dass die Geräte so funktionieren, wie es männlichem Denken entspricht. Demnach bin nicht *ich* zu doof, meinen Videorekorder zu programmieren, sondern der Rekorder ist – typisch männlich – nicht bereit, sich auf meine weibliche Denkweise einzulassen.

Wie die meisten Frauen habe ich lange gebraucht, um zu kapieren, dass meine schwierige Beziehung zerrüttet ist.

Aber jetzt habe ich gehandelt: Die Scheidung von meinem Videorekorder ist durch!

Mit dem Hintern ins Gesicht

Es ist höchste Zeit, mal wieder über den Verfall der guten Sitten zu jammern. Ich rede nicht davon, dass die meisten Menschen nicht mehr zu wissen scheinen, wie man mit Messer und Gabel isst. Nicht davon, dass man mindestens einmal täglich eine Tür aufs Auge bekommt, weil keiner mehr schaut, ob jemand hinter ihm ist. Nicht davon, dass in der Öffentlichkeit ungeniert gerülpst, gerotzt und gepupst wird, als befänden wir uns in einer Kleinkinderkrippe. Ich rede auch nicht davon, dass kaum mehr jemand »Bitte« oder »Danke« sagt, einem Mitmenschen den Vortritt lässt oder ihm gar in den Mantel hilft. Oder davon, dass jeder sich rücksichtslos vordrängelt, egal, ob beim Einkaufen, an der Tankstelle, an der Ampelkreuzung, auf der Autobahn.

Es besteht kein Zweifel, dass die Barbaren im Begriff sind, die Macht zu übernehmen. Aber das eigentlich Schlimme ist: Es scheint kaum noch jemanden zu geben, denn das *stört*!

Ich komme mir immer vor wie die letzte Spießerin, wenn ich mich darüber empöre, wie roh und unhöflich Menschen miteinander umgehen, denn um mich her scheinen es alle in Ordnung zu finden.

Niemand regt sich auf, wenn der Nachbar in der U-Bahn beim Gähnen den Mund so weit aufreißt, dass man den Zustand seiner Kauwerkzeuge und der Rachenmandeln studieren kann. Keiner findet es komisch, dass sich im Kino oder Theater alle mit abgewandtem Gesicht an einem vorbeidrängeln, was bedeutet, dass man als Sitzender den Hintern des Dränglers im Gesicht hat. (Ich habe gelernt, dass man dem Sitzenden nicht nur die Vorderseite zuwendet, sondern sich fürs Vorbeidrängeln auch noch höflich entschuldigt, wobei der Sitzende sich eigentlich sogar zu erheben hätte, aber das macht heute schon gar niemand mehr.)

Ungerührt schauen die Leute zu, wie alte Damen sich mit schweren Koffern abplagen oder im Bus stehen müssen. Hemmungslos wird in aller Öffentlichkeit in den Zähnen gebohrt, geräuschvoll die Nase hochgezogen und ausgespuckt. Der Platz für diese Kolumne reicht nicht aus, um aufzuzählen, was man tagtäglich an schlechtem Benehmen beobachten kann und wie gleichgültig allgemein darauf reagiert wird.

Anders als früher, wo junge Leute auch mal bewusst gegen die Regeln des guten Benehmens verstoßen haben, weil das zum Erwachsenwerden gehört, beschleicht einen heute der Eindruck, dass kaum einer die Regeln überhaupt noch kennt. Erziehung findet offenbar nicht mehr statt. Das, was traditionell in der Familie weitergegeben wurde, wird dort nicht mehr beigebracht, weil es die Eltern selbst nicht mehr können. So wurde inzwischen in Bremen als erstem Bundesland das Schulfach »Benehmen« eingeführt; andere Länder wollen folgen. Wir sind ein Volk von Benimm-Analphabeten geworden, und wenn der Mantel der

Zivilisation dünn wird, schimmert das Barbarentum durch.

Es herrscht ein Hauen und Stechen, die Ellenbogengesellschaft entlässt ihre Kinder. Und wenn die überhaupt was gelernt haben, dann, dass man weiter kommt, wenn man egoistisch und rücksichtslos vorgeht und sich nicht von lästigen Umgangsformen aufhalten lässt. Zahlt mir einer was dafür, dass ich höflich bin? Nein. Na bitte, wofür dann also?

Ich sehe mich noch heute meinen Koffer alleine über das Messegelände einer deutschen Großstadt schleppen, weil keiner der mich begleitenden Herren – alles junge, aufstrebende Angehörige der mittleren Führungsebene – auf die Idee kam, mir zu helfen. Natürlich hätte ich darum bitten können, aber als halbwegs gut erzogener Mensch wollte ich ihnen diese Blamage ersparen.

Tja, das ist also das Resultat der so genannten Emanzipation: dass Männer jetzt auch zu Frauen unhöflich sein dürfen!

Nächstes Mal läufst du!

Längst wissen wir, dass Frauen nicht einparken können, weil die Männer ihnen eingeredet haben, acht Zentimeter (—) seien zwanzig Zentimeter (———). Oder liegt es doch daran, dass Frauen immer Schuhe kaufen, statt das Einparken zu üben? Egal. Mag ja sein, dass Männer besser einparken, dafür fahren Frauen besser Auto. Leider hat sich das noch nicht bis zu den Einparkern herumgesprochen, dabei ist längst erwiesen, dass das Einzige, was die weiblichen Fahrkünste beeinträchtigt, unqualifizierte Äußerungen des Beifahrers sind.

Ein Mann als Beifahrer ist jedenfalls ein Sicherheitsrisiko, und sollte es sich um den eigenen Mann handeln, ist das Risiko, einen finalen Ehekrach zu kriegen, ungefähr fünfhundertmal höher als in jeder anderen Situation. Nicht genug, dass Männer lieber zwei Stunden herumirren, als einmal nach dem Weg zu fragen (das finden sie laut einschlägigen Umfragen »unmännlich«), nein, sie schicken auch uns Frauen ungeniert in die falsche Richtung, obwohl sie keine Ahnung haben, wo's langgeht. Wenn wir uns dann schließlich verirrt haben, halten sie uns einen Vortrag über den mangelnden weiblichen Orientierungssinn.

Neben einer, oder noch schlimmer, neben *ihrer* Frau im Auto zu sitzen und keinen Einfluss auf den Fahrvorgang nehmen zu können, scheint für einen Mann eine subtile Form der Folter zu sein, die er nur unter Aufbietung all seiner Selbstbeherrschung erträgt, also gar nicht.

Kaum drückt die Fahrerin mal ein bisschen aufs Gas, mutieren die Lenkrad-Machos auf dem Beifahrersitz zu blassen, hysterischen Würstchen. Mit den Nägeln krallen sie sich im Sitzpolster fest, stöhnen gequält auf und zeigen alle Anzeichen von Panik.

Mein Mann, zum Beispiel: Einerseits trinkt er gern das eine oder andere Bier, wenn wir ausgehen, andererseits bringt er uns auf der Heimfahrt immer wieder in Lebensgefahr. Nicht etwa, weil er betrunken am Steuer säße – nein, er sitzt neben mir und stößt kleine, spitze Schreie aus, die mich dermaßen erschrecken, dass ich fast das Lenkrad verreiße, worauf er »Pass doch auf!« schreit, was zu erneutem Zusammenzucken meinerseits führt und dazu, dass ich tatsächlich fast im Graben oder auf der Gegenfahrbahn lande. Wenn ich ihm erkläre, dass er entweder damit aufhören oder selbst fahren solle, entschuldigt er sich nicht etwa, sondern behauptet, ich würde wirklich ganz grauenhaft fahren, was ich zum Anlass nehme, richtig beleidigt zu sein, worauf er kleinlaut einlenkt und sagt, vielleicht liege es auch daran, dass er kein besonders begabter Beifahrer sei.

So sieht's nämlich aus: Nicht die Frauen sind schlechte Fahrer, nein, die Männer sind schlechte Beifahrer. In typisch männlicher Selbstüberschätzung gehen sie davon aus, dass wir Frauen ein Auto schon deswegen nicht bewegen könnten, weil wir nicht genau wissen, warum es sich bewegt. Aber man muss kein Auto bauen können, um es zu fahren. Und für die paar Alleebäume und Autobahnschilder, auf die man so achten muss, reicht unser angeblich unterentwickeltes räumliches Sehvermögen gerade noch aus. Abgesehen davon ist längst erwiesen, dass wir Frauen in der Lage sind, mehrere Dinge gleichzeitig zu tun, also Auto zu fahren, mit dem Beifahrer zu reden und ihn dabei anzusehen, einen neuen Sender am Autoradio einzustellen und uns die Lippenkontur im Rückspiegel nachzuziehen. Nur weil Männer das nicht können, reagieren sie so hysterisch.

Statistisch gesehen ist es also für Frauen deutlich gefährlicher, mit einem männlichen Beifahrer unterwegs zu sein, als für Männer, sich von einer Frau chauffieren zu lassen. Deshalb: Klappe, Schätzchen, oder nächstes Mal läufst du!

Haben wir das Prostitutions-Gen?

Eines der faszinierendsten Gebiete in der Beziehungsforschung ist die Partnerwahl. Heerscharen von Psychologen haben schon versucht, zu ergründen, ob wir Frauen einen Mann danach aussuchen, ob er unserem Vater ähnlich ist, breite Schultern hat, schöne Hände oder eine gewinnende Persönlichkeit. Wenn es nach meinem guten, alten Freund Lorenz ginge, könnten die Psychologen ihre Feldstudien sofort einstellen, er ist nämlich überzeugt, den Schlüssel gefunden zu haben: das Prostitutions-Gen. Soll heißen: Frauen orientieren sich bei der Partnersuche ausschließlich an Status und Geld, alles andere interessiert sie einen feuchten Dreck.

Als er mir seine These zum ersten Mal auseinander setzte, wies ich sie natürlich empört zurück. Je älter ich werde, je mehr Lebenserfahrung ich gesammelt, je mehr Klatsch-Magazine ich gelesen habe, desto eher bin ich allerdings geneigt, Lorenz Recht zu geben.

Nehmen wir das Ehepaar Berlusconi. Er: Ministerpräsident von Italien, ein bisschen kurz geraten, lichtes Haar, alles in allem eine durchschnittliche Erscheinung. Sie: ehemalige Schauspielerin, langhaarig, langbeinig, großbusig, schmolllippig. Während er ununterbrochen redet (meist am Telefon), liebt sie angeblich die Stille, gute Konzerte und die Literatur.

Solange er die italienische Nation mit dem übelsten TV-Flachsinn überzog, erzog sie die drei gemeinsamen Kinder nach der anthroposophischen Lehre des Waldorfschul-Begründers Rudolf Steiner. Als er George Bush in den Irak-Krieg folgte, äußerte sie sich öffentlich gegen den Krieg. Sie versäumte auch nicht, die Öffentlichkeit davon in Kenntnis zu setzen, dass sie nicht die konservative Partei ihres Mannes wähle, sondern die Sozialisten oder auch mal die Radikale Partei.

Sie unterstützte das Philosophie-Studium der ältesten Tochter gegen den Willen des Vaters, der sich etwas Nützliches wie Jura oder Wirtschaft gewünscht hätte. Und als er anbot, die Druckfahnen ihrer Autobiographie zu korrigieren, wies sie das Angebot dankend zurück. Womöglich, weil sie an anderer Stelle geäußert hatte, Zensur sei für sie »schrecklich, hassenswert und inakzeptabel«.

Bei so vielen fundamentalen Gegensätzen fragt man sich doch, was diese Frau bei einem Mann hält, der ganz offensichtlich das krasse Gegenteil von ihr verkörpert? Ob es vielleicht am Rande was damit zu tun haben könnte, dass Herr Berlusconi vielfacher Millionär ist?

Betrachten wir die unzähligen Möchtegern-Schauspielerinnen, Sängerinnen, Stars und Sternchen, die sich auch hierzulande bevorzugt in der Nähe reicher und berühmter Männer aufhalten, in der Hoffnung, einer von ihnen möge mit seinen Blicken an ihren langen Beinen, langen Haaren, großen Brüsten und schmolligen Lippen hängen bleiben, auf dass sie zukünftig ein sorgloses Leben als reiche Gattin führen können.

Im Bewusstsein dieser jungen Frauen, die – wenn sie nicht zufällig über gewisse körperliche Attribute verfügten – ganz normale Büroangestellte, Verkäuferinnen, PR-Beraterinnen oder Hausfrauen wären, hat das Tauschgeschäft körperliche Schönheit gegen Geld offenbar nichts Anrüchiges. Doch was ist das anderes als Prostitution?

Ist mir ja schon ein wenig peinlich, mit dem Finger auf mein eigenes Geschlecht zu zeigen, aber haben wir uns nicht alle schon gefragt, ob die hübsche, junge Moderatorin den dreißig Jahre älteren, reichen Musikproduzenten auch geheiratet hätte, wenn der kein reicher Musikproduzent wäre, sondern Bahnbeamter? Oder, warum auch Kerle, die man mit der Beißzange nicht anfassen würde, immer wieder junge, schöne Frauen mit langen Haaren, langen Beinen, großem Busen und schmolligen Lippen finden, sofern sie Medien-Mogule, Großunternehmer oder reiche Erben sind?

Nehmen wir zur Ehrenrettung unseres Geschlechtes an, dass es Ausnahmen gibt. Sie zum Beispiel. Ja, Sie. Oder Sie da drüben. Auch auf mich trifft Lorenz' These nicht zu: Ich habe den Heiratsantrag eines Millionenerben abgelehnt, weil der Typ mir einfach zu langweilig war. Stattdessen habe ich einen Mann geheiratet, dessen Barvermögen bei der Eheschließung 280 DM betrug, mit dem ich aber so viel lachen konnte wie mit keinem zuvor. Nach nunmehr sechzehn Jahren unterhält er mich immer noch aufs Beste, und ich liebe ihn ausschließlich um seiner selbst willen. Und das ist mehr wert als alles Geld der Welt!

Alle Jahre wieder

Es naht Weihnachten, die größte Herausforderung des Jahres, denn in dieser Zeit gilt es mal wieder, den Gute-Mutter-Test zu bestehen. Eine gute Mutter schafft eine kuschelige, vorweihnachtliche Atmosphäre; sie dekoriert die Familienbehausung mit Zweiglein und Tannenzapfen, sie zündet an passender Stelle und zum richtigen Zeitpunkt Kerzlein an, sie nimmt mit mildem Lächeln die Wunschzettel ihrer Kinder entgegen und verzieht keine Miene, wenn die sich – unbeeindruckt von allen Erziehungsversuchen – teure Computerspiele, die AOL-Flatrate, einen Lammfellmantel und einen orangefarbenen Anstrich ihres Zimmers wünschen. Sie schmuggelt mit geheimnisvollem Gesicht die im vorweihnachtlichen Einkaufsnahkampf ergatterten Geschenke ins Haus, lässt hie und da vielversprechend ein paar Lamettafäden fallen und schwört nur ganz heimlich, still und leise, Weihnachten in der Sekunde abzuschaffen, in der die Brut volljährig ist.

Der mit Abstand schwierigste, aber mit der höchsten Punktezahl prämiierte Teil des Tests ist die Weihnachtsbäckerei. Da ich eine Totalversagerin im Basteln von Weihnachtssternen bin, verwende ich natürlich umso mehr Ehrgeiz auf die Herstellung weihnachtlicher Naschereien. Seit meine Kinder mit der Nase über die Tischkante gucken können, gibt es bei uns das gemeinsame Plätzchenbacken, und das sieht so aus: Mutter formt, rollt und knetet kiloweise Teig, während sie munter die Lieder von der Weihnachts-CD mitpfeift. Fünf verschiedene Plätzchensorten stehen auf dem Programm: Spitzbuben, Vanillekipferl, Butter-S, Schokoplätzchen und Haselnussmakronen, allesamt nach Großmutters Rezept. Die Kinder stechen lustlos ein paar Sterne und Herzen aus, naschen ununterbrochen Teig und nölen nach zehn Minuten: »Mir ist schlecht!« Dann sind sie verschwunden, hocken vor dem Computer oder flüchten zu Freunden, wo keine vom dauerschlechten Gewissen geplagte Mutter versucht, den Gute-Mutter-Test zu bestehen. Das Ende vom Lied ist, dass ich acht Stunden allein in der Küche stehe und Plätzchen aussteche, zu Ssen forme, mit Marmelade bestreiche, ins Schokobad tauche, in Vanillezucker wälze, zum Abkühlen aufreihe, in Dosen packe.

Danach ist mir ebenfalls schlecht, und ich teile meinen undankbaren Blagen mit, dass es nun garantiert das letzte Mal gewesen sei, dass ich mir diese Tortur angetan hätte. Daraufhin erheben sie ein lautes Geschrei, *alle* Mütter würden mit ihren Kinder Plätzchen backen, manche sogar zehn oder noch mehr Sorten! Ich wende ein, dass ein Unterschied besteht zwischen »mit den Kindern backen« und »für die Kinder backen«, aber schon ist mein schlechtes Gewissen wieder da – heißt Mutter-Sein nicht, sich auch mal aufzuopfern? Wenn ich gerade vor Zerknirschung zusammenbrechen will, klären meine Kinder mich noch schnell auf darüber, dass die Plätzchen von Ruth übrigens viel besser schmecken als meine; nächstes Mal solle ich mir doch bitte die Rezepte von ihr geben lassen.

Solcherart für meine Mühen ausgezeichnet, wache ich geizig über meinen Dosen, denn obwohl die Kekse angeblich nicht schmecken, setzt merkwürdigerweise ein sofortiger Schwund ein. Angesichts der Höllenarbeit, die sie gemacht haben, bin ich nicht gewillt, zu dulden, dass sie innerhalb weniger Tage aufgegessen sind. Die Dosen werden also eingeschlossen, die Schlüssel versteckt. Empörte Reaktion der Kinder: Das seien ja wohl nicht allein meine Plätzchen, schließlich hätten sie die Hauptarbeit gemacht!

Mein Widerstand ist erbittert, aber erfolglos; nach einer Woche sind alle Plätzchen weg. Einen nicht unerheblichen Teil von ihnen habe ich selbst verspeist; *mir* schmecken meine Plätzchen, und irgendwie muss ich meinen Frust schließlich bekämpfen. Eine Gewichtszunahme von eineinhalb Kilo noch vor dem zweiten Advent bestärkt mich in meinem Entschluss, im nächsten Jahr garantiert nicht mehr … na ja.

Die Plätzchen gehen, Weihnachten kommt, irgendeine mitleidige Seele aus der Nachbarschaft hat ein paar angetrocknete Kokosmakronen vorbeigebracht, wahrscheinlich sind meine Kinder von Haus zu Haus gegangen und haben hohläugig um eine milde Gabe gebettelt, und nun redet das ganze Dorf darüber, was ich für eine Rabenmutter bin, die es nicht mal schafft, mit ihren Kindern in vorweihnachtlicher Stimmung ein paar Plätzchen zu backen. Seufz.

Schafft Weihnachten ab!

Am 25. September, während ich bei mildem Spätsommerwetter an meiner Eistüte leckte, entdeckte ich in einem Schaufenster ein putziges Arrangement aus Christstollen, Lebkuchen und einem Weihnachtsmann.

Geschlagene 3 Monate – DREI Monate –, also ein Vierteljahr vor dem Fest, während an den Bäumen noch Äpfel hingen und die Kastanien noch nicht reif waren, sollte ich als Konsument schon wieder in Weihnachtsstimmung gebracht werden. Konjunkturschwäche hin, Weihnachtsgeschäft her, das ist doch eine Zumutung!

Das war just der Moment, in dem ich beschloss, in den Weihnachtsstreik zu treten.

Ich würde das Ereignis schlicht ignorieren und mich allem verweigern, was mich an Weihnachten und der Zeit davor schon immer genervt hat: kitschige, ewig nadelnde Adventskränze, Strohstern-Basteln, Plätzchenbacken, Weihnachtskarten mit belanglosen Botschaften verschicken, mit allen Leuten, die man kennt, »unbedingt vor Weihnachten« noch eine Verabredung treffen, als stünde die Apokalypse bevor und es gäbe kein Danach.

Vor allem aber würde ich mich dem Geschenkestress verweigern, restlos und radikal.

Haben wir nicht sowieso von allem schon viel zu viel? Wer braucht denn ernsthaft noch ein Handy, noch ein Computerspiel, noch einen MP3-Player? Sollten wir nicht zur Abwechslung mal wieder einander zuhören, statt unserem elektronischen Spielzeug? Wie viel lieblos ausgewählter Schrott jedes Jahr verschenkt wird, nur weil uns von der Werbung eingeredet wird, wir seien schlechte Partner, Eltern, Kinder oder Freunde, wenn wir nicht jeden in unserer Umgebung beschenken, bis die EC-Karte ächzt? »Unsere Lieben« warten auf Geschenke, »leuchtende Kinderaugen« werden uns danken, »frohe Gesichter« und »besinnliche Tage« erwarten uns, sofern wir nur genügend Geld in die Geschäfte tragen, koste es, was es wolle.

Mal abgesehen davon, dass viele Familien das gar nicht können – mit Besinnlichkeit hat das alles doch längst nichts mehr zu tun. Weiß eigentlich noch irgendwer, worum es bei Weihnachten mal ging? Ach ja, irgendwo im Orient wurde ein Kindlein geboren, das bedauerlicherweise in einer strohgefüllten Krippe liegen musste, anstatt in einer ordentlichen Wiege, und eine niedliche Erstausstattung und genügend Plastikspielzeug bekam das arme Ding auch nicht geschenkt. Kein Wunder, dass es ein böses Ende mit ihm nahm, so viel Konsumverweigerung kann uns ja nun nicht als Vorbild dienen. Das Credo des modernen Menschen lautet schließlich nicht mehr »Ich glaube«, sondern »Ich kaufe«.

Aber nicht mehr mit mir.

Ich teilte also den Erwachsenen in meiner Umgebung mit, dass ich zu Weihnachten keine Geschenke wollte und keine machen würde, ich erklärte meinen Patenkindern, dass sie dieses Jahr von mir nichts bekämen, und meinen Kindern, dass sie genau einen Wunsch frei hätten. Allen gemeinsam erklärte ich aber auch, was ich mit dem gesparten Geld tun würde: es in ihrem Namen der Kinderhilfsorganisation »Children for a better world« spenden. Da kommt jeder Cent Kindern zugute, die von Handys oder Computerspielen nicht mal träumen können, sondern froh sind, wenn sie jeden Tag etwas zu essen kriegen und zur Schule gehen können.

Ich kann nicht sagen, dass es leicht war, meinen Weihnachtsstreik durchzuhalten. Irgendwie kam doch ein Adventskranz ins Haus, und irgendwann ließ ich mich doch breitschlagen, ein paar Plätzchen zu backen.

Das Strohstern-Basteln haben meine Kinder mir gnädig erlassen, und auf Geschenke zu verzichten, um armen Kindern zu helfen, fiel ihnen erstaunlich leicht. Das Schwierigste war, ihnen klar zu machen, dass ich nicht beschenkt werden wollte. Wir einigten uns darauf, dass sie mir nur Geschenke machen würden, die kein Geld gekostet hätten. Sondern Zeit, Phantasie und Liebe. Das, was uns allen verloren gegangen ist und das wir zu Weihnachten viel dringender brauchen als ein neues Handy, noch ein Computerspiel oder einen MP3-Player.

Das Weihnachtsfest wurde dann übrigens sehr schön; ruhig und besinnlich. Wir machten einen Schneespaziergang, zündeten Kerzen an für verstorbene Verwandte, machten Musik und sangen Weihnachtslieder. Wir nahmen uns Zeit für die wenigen Geschenke und freuten uns, dass wir zusammen waren.

Vielleicht streike ich dieses Jahr wieder. Wie wär's mit Ihnen?

Was wirklich zählt

Ein neues Jahr. Immer ein guter Anlass, sich ein paar Gedanken zu machen. Darüber, ob man eigentlich so lebt, wie man es sich wünscht, oder ob sich was ändern sollte. Und wenn ja, was. Erstaunlich viele Menschen sind mit ihrem Leben nicht wirklich zufrieden, träumen von einem besseren Beruf, einem aufregenderen Partner, einem schöneren Wohnort – kurz: einem ganz anderen Leben. Ohne allerdings je ernsthaft darüber nachzudenken, was das für Konsequenzen hätte.

So staune ich immer darüber, wie viele Menschen auf die Frage: »Wie geht's?« antworten: »Gut, aber ich arbeite viel zu viel!« Als wäre Arbeit etwas, das einem vom Himmel auf den Kopf fiele und auf dessen Quantität man keinen Einfluss hätte. Sobald man zurückgibt: »Dann arbeite halt weniger«, heißt es: »Das ist unmöglich!« Stimmt natürlich nicht.

Die ehrliche Antwort würde lauten: »Ich kann nicht weniger arbeiten, weil ich dann nicht mehr einen so tollen Posten bekleiden könnte, was aber wichtig für mein Selbstwertgefühl ist. Und außerdem möchte ich nicht auf das Geld verzichten, das mir dieser Posten bringt.«

Sich das mal einzugestehen, würde diesen Leuten

schon weiterhelfen. Außerdem könnte es ihnen nicht schaden, ein wenig dankbar dafür zu sein, über Arbeitsüberlastung klagen zu können. Wo andere schon froh wären, wenn sie ein bisschen Arbeit hätten.

Ähnlich nervig finde ich die Leute, die immer übers hiesige Klima jammern und behaupten, wenn sie im Süden leben könnten, wären sie viel glücklicher. Dann sollen sie doch in den Süden gehen! Sollen ihren Arbeitsplatz, ihre Freunde, ihre gewohnte Umgebung und die Errungenschaften des deutschen Sozialstaates aufgeben und ausprobieren, ob dreihundert Sonnentage im Jahr diesen Verlust wettmachen. Ehrlich: Ich liebe die Sonne, und übers Wetter schimpfe ich auch schon mal, aber wenn ich die gegerbten, gelangweilten deutschen Rentner auf Mallorca oder in Florida sehe, dann habe ich nicht den Eindruck, dass die besonders glücklich sind.

Die Klagen über die Unzulänglichkeit des eigenen Partners sind so alt wie die Menschheit selbst; seit Adam und Eva hacken Männlein und Weiblein aufeinander herum. Auch hier gilt: rausfinden, was man wirklich will – und dann handeln. Viele Frauen bleiben nur bei ihren Männern, weil sie Angst vor dem Alleinsein haben, weil sie sonst aus dem gemeinsamen Haus raus müssten, weil sie nach einer Scheidung nicht mehr Frau Doktor wären oder mit deutlich weniger Geld zurechtkommen müssten. Viele Männer bleiben bei ihren Frauen, weil eine Geliebte bequemer und billiger ist als eine Scheidung, oder weil sie keinen Bock auf den ganzen Trennungsstress haben. Wer sich dafür entscheidet, bitte schön. Aber dann wird auch nicht gejammert!

Wer hingegen glaubt, die Liebe wäre nicht tot, nur ein wenig verschüttet, der soll sich ans Graben machen, mit dem Partner oder auch gemeinsam mit einem Eheberater. Es ist erstaunlich, was man dabei zutage fördern kann, im Guten wie im Schlechten. Hinterher weiß man jedenfalls, ob es sich lohnt, um die Beziehung zu kämpfen.

Es ist ein Leichtes, sich unglücklich zu machen, indem man immerzu von Dingen träumt, deren Erfüllung unwahrscheinlich ist: den Lottogewinn, den Märchenprinzen, die Karriere in Hollywood, kurz, das ganz andere Leben. Wenn man solche Maßstäbe ansetzt, wird man das eigene Leben immer nur als unzulänglich empfinden, deshalb begräbt man diese Wünsche am besten irgendwann, und zwar für immer. Dafür kann man sich zu Beginn eines neuen Jahres aber überlegen, welche Wünsche realistisch sind. Wieder ein besseres Verhältnis zum Ehepartner bekommen, einen Spanisch-Kurs machen, eine alte Freundschaft auffrischen, sich nach einem neuen Job umsehen, mal ohne die Familie in den Urlaub fahren – all das sind Wünsche, die vielleicht eine Nummer kleiner, dafür aber erfüllbar sind, wenn wir was dafür tun. Und ein erfüllter kleiner Wunsch macht uns allemal glücklicher als ein unerfüllter großer.

Deshalb hier in Anlehnung an einen Song von den Rolling Stones meine Empfehlung für den Jahreswechsel: Wenn du nicht kriegst, was du dir wünschst, wünsch dir, was du kriegst!

Alles Gute wünscht Ihnen
Ihre Amelie Fried